JINGUO QIANGSHEN
YINIAN BIAOXIAN ZHI QUAN

巾帼枪神

意念表现之泉

[美] 顾方蓁（Vera Koo） 著

U0374324

上海大学出版社
·上 海·

图书在版编目（CIP）数据
巾帼枪神：意念表现之泉 / (美) 顾方蓁著.
上海：上海大学出版社，2024. 8. -- ISBN 978-7-5671-4787-4
I. I712.55
中国国家版本馆 CIP 数据核字第 202481Y0Z6 号

责任编辑　刘　强
装帧设计　柯国富
技术编辑　金　鑫　钱宇坤

巾帼枪神——意念表现之泉

[美] 顾方蓁（Vera Koo）著

出版发行　上海大学出版社
社　　址　上海市上大路99号
邮政编码　200444
网　　址　https://www.shupress.cn
发行热线　021-66135112
出 版 人　戴骏豪

印　　刷　上海华业装潢印刷厂有限公司
经　　销　各地新华书店
开　　本　710mm×1000mm　1/16
印　　张　13
字　　数　146千字
版　　次　2024年9月第1版
印　　次　2024年9月第1次
书　　号　ISBN 978-7-5671-4787-4/I・709
定　　价　88.00元

版权所有　侵权必究
如发现本书有印装质量问题请与印刷厂质量科联系
联系电话：021-56475919

目 录

序　言

顾方蓁以言语鼓励和抚慰人的本事少有人能及。她积极乐观、热情洋溢，而且总是笑容可掬。

她也是我所知最出类拔萃的神枪手之一。

很荣幸，我已认识方蓁二十多年。我们都热衷于比安奇杯射击赛，也就是美国全国步枪协会的全国行动射击锦标赛。

我们是经由共同的朋友永田相识的。永田是举世知名的射击运动摄影师，也是热心的比安奇杯选手。我结识永田已近四十年，深知他对才华横溢的射击好手与杰出人物独具慧眼，而方蓁在这两方面都不遑多让。

我很快就明白，方蓁自始至终全力以赴，她所做的一切都不同凡响。当永田介绍我们认识彼此时，方蓁正在寻觅可以指导她参加比安奇杯的教练。当时我并未收任何学生，但我总是乐意帮助致力于射击运动并有意愿精进技能的人。由于方蓁对参赛十分郑重其事，于是我同意让她使用我的靶场。

我从未见过比方蓁更敬业、更全心投注时间于训练的人。当她的闺蜜们忙着逛街购物、外出用餐或观赏电影时，方蓁却在靶场练习，而且风雨无阻。

随着相识日久，我们成了好友。我邀请方蓁到家中做客，以便她就近使用靶场。她总是最早抵达靶场，而且一向最后离开。从靶场回来后，她会利用晚间空闲时间细心清理和保养手枪。

方蓁做事专心致志，才华卓绝，又有不屈不挠的精神和强健的身体。我相信她屡屡赢得射击冠军，正是因为具备这些特质。方蓁在比安奇杯八度赢得女子组冠军，更是史无前例的成就。

凭借纯粹的决心，她承受可能终结多数射手射击生涯的重大创伤后，毅然东山再起。而她是在四十岁出头才开始进行射击运动，这使她的射击生涯益加令人刮目相看。这样的难能可贵于我心有戚戚焉，因为我本人也是直到三十多岁才投入射击运动的。

由于起步较晚，方蓁错失了学习与竞争的黄金时期。尽管如此，她仍鹤立鸡群，在比安奇杯中大放异彩。对于比安奇杯，完美的1920分向来是“圣杯”一般的目标。在比安奇杯史上，罕有男女射手拿到这个分数。而方蓁在比安奇杯赛前热身赛中就已达到这个高标，从而巩固了她在射击领域的地位。

方蓁一向乐意竭尽所能帮助其他射手。她不仅是一位非凡的竞争者，更是推动射击运动的难得的代表性人物。我很庆幸能认识她，也很高兴能透过本书领会她所分享的智慧。

米奇·福勒（Mickey Fowler）

（福勒曾获比安奇杯四届全美男子组冠军、欧洲比安奇杯四届男子组冠军、国际实用射击联盟美国总冠军、钢盘挑战射击赛总冠军）

作者按语

本书收录的各篇文章都是我根据事实与记忆陈述的。各篇文章没有按照时序编排（图片亦然），而是按照我认为最能引起读者兴趣的方式排序。所有文章都标明写作日期，其中多篇最初发表于《女性户外活动新闻》。在结集成书过程中，各篇文章均有不同程度的修改，以求清晰简明。

引 言

当顾方蓁女士七十一岁自射击运动界退休时，她是历来赢得最多奖项的女性神射手之一，曾八度荣获比安奇杯全美女子组冠军，两度拿下全球冠军。

然而，即使在她于射击运动界登峰造极二十五年后，仍有某些人会在靶场上问她："你擅长射击吗？"

他们对于答案感到惊讶，实在情有可原。

方蓁外表看来并不像人们刻板印象中的射击冠军。她是移民美国的华裔，一直到四十多岁才开始参与竞赛性质的射击运动。

然而，方蓁绝非平凡女性。人们或许知道她是成功的商界女强人、贤惠的人妻与人母、拿过世界冠军的手枪神射手，但真相真情远比这些更为复杂，光看这些并不足以捕捉她人生的全貌。

本书各篇文章写于方蓁手枪射击竞技生涯最后十年，讲述了她从一个全然不懂英文的十二岁移民如何蜕变为行动射击界的顶尖人物。

这些文章铺陈了她功成名就背后的动力来源和抱负，呈现她如何秉持不屈不挠的精神与果断的决心，克服种种挫败。本书为读者描绘出方蓁面对艰难挑战而永不放弃的令人难忘的人生画像。

对于熟悉方蓁首部著作《巾帼枪神——世界冠军之路》（The Most Unlikely Champion）的读者来说，本书各篇文章将可进一步深化对方蓁人生中宁静的幕后时刻的了解，包括几乎使她崩溃的各种挫折。

至于还不熟知方蓁的读者，本书提供点点滴滴的灵感与建言：各年龄层都适用的学习新技能的方法；如何以谦逊回应轻视；如何设定诸多小目标以成就大事。

本书各篇文章也展现出，尽管方蓁在多个不同领域崭露头角，却始终信守她的价值体系：信仰、纪律与仁慈。她从父母与夫婿家一身上濡染了这些价值观念，并将其传承给三名子女。

方蓁期望所有读者，无论旧雨新知，都能从本书中学会相同的人生课题：即使面临最惨的悲剧也不要灰心丧志，坚信借由辛勤任事与信仰，任何人都能实现自己的梦想。

贾斯廷 · 帕尔（Justin Pahl）

（帕尔为顾方蓁首部著作《巾帼枪神——世界冠军之路》共同作者）

第一部

成为冠军

人生，我认为，百分之二十看际遇，百分之八十看我们如何反应，态度完全操之在己。

我在我的居住地加州的街道漫步时，你若见到我，大概不会猜到我是个行动手枪射击高手，是美国比安奇杯女子组八度全国冠军。

比安奇杯，也就是美国全国步枪协会的全国行动射击锦标赛，每年 5 月在密苏里州哥伦比亚市附近的绿谷步枪与手枪俱乐部举行。

想象一下你心目中的比赛冠军形象，再想象一下我的样子：一个在华人家庭里长大的纤瘦华裔美国女性，从小玩洋娃娃长大，接受的家庭教育是——相夫教子是女人的天职。

如今我已年过七十三，当年我是四十多岁才踏上射击这条路。我的启蒙课是从加州的一所社区大学开始的。

“人不可貌相。”我成了活生生的证明。

我的外表叫人看不出来我的能耐。我们是谁，不是靠长相或出身决定的，而是靠意志、敬业精神和毅力。

一旦有一个目标在我眼前，我便不达目标不言放弃。

在我的射击生涯中，我不止一次受到轻视和藐视，被认为不够格，但我把这些都转化成力量。不过，我大部分的动力来自我的内在——我为自己而做的成分超过我要证明别人错了。希望落实自我期许是一股强大的动力。

我经常受个人运动吸引。在靶场上，天地间只有我、手枪和标靶。如果不能成功，除了自己，无人可怪。不过，通过严格的训练、坚定的信念，我把自己推到了极限，我发现我可以登上巍巍高峰。

当然，一路走来，我得到不少贵人相助，我永远感激我的启蒙老师和支持者。从后面的文章中，读者可以了解他们。

我也希望读者找到开拓进取的勇气，即使你的目标表面上看好像可望不可即。看吧，一个没有射击背景、看似弱不禁风的华裔美国女性都能成为射击冠军，你要相信，只要你渴望成功的决心足够强，一样能征服横亘前方的一切阻难。

从洋娃娃到手枪——我的枪赛历程

我不是玩玩具手枪长大的，成长过程中我玩的是洋娃娃，我在孩提时代从未对枪发生过兴趣。

我在传统华人家庭中长大，家庭重视的是女性要扮演好相夫教子的贤妻良母角色。我的母亲把我教育成要做一个好妻子、好母亲和好媳妇的人。

我从未想到自己后来会在男性称霸的行动手枪运动领域中成为竞赛选手，更别说还多次成为全美与世界射击比赛的冠军。

“敢于尝试荒谬，可以成就看似不可能的事情。”我就是活生生的证明。

方蓁童年时期有洋娃娃陪伴（1951 年）

方蓁在加州钢盘挑战射击赛中聚精会神持枪瞄准目标（1995 年）

即使成年之后，射击也好像是条我不可能走上的道路。20 世纪 80 年代，外子家一和我喜欢去露营。家一有几把自卫用的小手枪，我们心想有手枪在身，就不怕遇到黑熊，但我们哪里知道家一的手枪根本对付不了黑熊。

家一向我展示如何装卸枪支，但我总是不记得步骤和细节，因为我从没碰过枪。枪械令我心生畏惧。

后来我下定决心：枪本身并不危险，对枪不了解才是危险所在，我需要教育自己。

我第一次开枪是在 20 世纪 80 年代，有次家一带我去射击不定向飞靶，租了一把霰弹枪让我用。我以前没碰过霰弹枪，靶场值星官先操作一遍如何装弹、瞄准和扣扳机给我看，等到该发射时，值星官要我开枪。我站在那里，害怕得要命，过了好久才扣动扳机。

值星官还让我跟另外四人轮流射击。他紧盯着我的射击动作，我的表现让每个人都大吃一惊，包括我自己。二十五个泥鸽飞靶，我射中八个。更重要的是，我初次尝到射击的滋味。

不久之后，一个朋友买了一支步枪，他邀家一和我到靶场射击。那支步枪枪口朝下放在桌上，朋友要我试射。我拿起步枪，却一不小心发射了一回合，幸好枪口朝下，没有人受伤。从此，我警觉到自己需要更多的射击教育。

一年后，我在加州狄安萨社区大学报名上课。

这个决定我不是随便做的。在我开始培养一项爱好前，我会判断自己未来是不是至少会花十年的时间在它身上。一项活动上手起码要五年，娴熟要十年，要想出神入化，就要花上十五到二十年。我决定要上这门课，也就是对射击绝对郑重其事。

我的入门班上有二十二名学生，连我在内共有三名女性，很多同学有枪械射击经验，其他跟我一样都是新手。那年我四十一岁，我想看看自己在五十岁之前能够在射击运动上进步到什么程度。

我立定的目标是成为班上最优秀的女射手，结果三个月后我达到了。后来我提高目标，想成为班上的最佳射手，十八个月后我也做到了。入门班建立起我日后射击生涯中两项重要元素：准确与持续。准确成为我的力量，助我攀爬射击运动的阶梯。

我设定目标时，就像在脑子里播下一颗种子，它发芽长大，我无法不去想它。这门课结束后，我维持目标导向思维，希望在每次练习或比赛之后都有些小的进步，而即使是小小的进步也可能花上数小时的练习。我相信可以站在前人的肩膀上往前，因此我设法找到高手名师。1991 年，我遇见极速射击专家欧阳，并请他指导我。

我对这项运动立定的目标与付出，成就了今天的我，这是我绝未料到的。然而人生本来就是看你能否在料想不到的情形中挥洒。

对未来我们想怎么计划都行，但人生总是让我们吃惊。三十年前认识我的人绝对无法料到我会成为一名享有数项荣衔的射手，我能够到达这一高峰是因为我不怕追求挑战。

我对“态度影响人生”深有体会，也深信人生是百分之二十看际遇，百分之八十看我们如何反应，态度完全操之在己。

枪，三十年前令我害怕时，我有几种不同的方式来面对。借由选择去多了解枪械，也通过学习如何妥善操作枪械、如何准确射击，我对畏惧迎头痛击，结果培养出一种令我愿意为之呕心沥血的爱好。

我也有可能落得在射击运动上毫无所成，但是真正的失败是连尝试都不去尝试。一如大家耳熟能详的谚语所说："我们最大的光荣不是从未倒下，而是每次倒下之后都能重新再爬起来。"缺点并没有让我在射击上打退堂鼓，相反，战胜缺点成为我最大的动机。

我们内心里都隐藏着一位冠军得主。我是通过自己想做神枪手而找到内心的冠军的，尽管我没有一点射击背景。当年那个中年华裔美国女性拿起枪来玩射击的一幕，对某些人来说可能荒诞不经、不可思议，但是就是要敢于拥抱荒诞，才能让不可能的成为可能。

2014 年 8 月

女性闯荡男性枪赛世界

我在密苏里州哥伦比亚市附近的靶场练枪时，偶尔还是会碰到这种发问：你擅长射击吗？

他们不知道我是射击老手了。在他们眼里，我不过是个女流之辈，又是华裔；身材既不高大健硕，又年近七十。对他们来说，我是手枪射击项目冠军似乎是不可思议、不太可能的事。

在我三岁大时，全家搬到香港。在我十二岁那年，全家移民美国。

方蓁获得的比安奇杯奖杯和奖牌（2006年）

方蓁获得澳大利亚世界行动手枪锦标赛冠军（2006 年）

到了美国之后，母亲也从未离弃她的传统价值观。她教导我如何学习做贤妻良母、侍奉公婆，如何在家为丈夫、孩子、公婆做饭洗衣。至于爱好，母亲建议我学打毛衣，一名姨母建议我学刺绣，一个朋友则说要学插花。

然而我喜欢那些把我带向户外的爱好，而运动就提供了我这样的机会。但是我必须把家里的一切打理得好好的，搞定母亲和我的固有文化传统规定我应该处理好的一切，等这一切都处理停当，我才有时间进行运动。

外子家一引导我学会驾驭风帆、马术、俯冲滑雪、露营健行等，为我尝试比赛型运动打下了基础。多年来我花了很多时间磨炼这些运动和活动的技巧，使我了解到增强体能和肌力的可贵，后来这些本领我全运用到射击上。在我的射击生涯中，

方蓁比赛结束后打道回府（2007年）

家一的支持始终如一。

母亲与我有着同样重要的特质，大女儿顾麟指出来这一点后我也才恍然大悟：不怕难，不怕苦，而且随着时间的推移更加坚强老练。

在我的射击生涯中，这是一项非常重要的特质。射击比赛很像人生——有无数的艰辛与考验，唯一可能会伤害到的只是一个人骄傲的自尊。经过不断练习，终会成为一名优秀的射手，学会如何处理面对的难题。

初次报名参加射击比赛时，承办人警告这项竞争可能是“割喉赛”，但是激烈的竞争正是我所需要的。我现在充分认识到，若要擅长某事，就必须比赛。比赛逼你去练习和准备，逼你提升自己成为一名优秀的选手，也逼你管理好情绪。

在我早年的比赛岁月中，有时在射击俱乐部我会听见有人说我出入其中只是要物色男人。我听了太多这类风言风语，全都不值一哂。我的焦点放在如何成为一名优秀的射手上，只要枪技突飞猛进，我便可以用分数来封住那些说三道四人的口。

我人生第一场比赛大胜是在科罗拉多州的蒙特罗斯——获得世界射击对决锦标赛女子组第一名。后来风评说是因为我运气好，但我未因此发怒。我想，如果我枪法一流，他人终究会知道我非等闲之辈。

1999 年，我赢得人生中第一项比安奇杯女子组冠军。两年后，我再获 2001 年度冠军，而在正式比赛前两天的一场热身赛中，我也创下纪录，射出满分的成绩。

那一年，我注意到同侪终于对我另眼相看，我赢得了他们的尊敬。

方蓁在比安奇杯练习赛中正中靶心（2018 年）

人们问起我如何才能长于此道时，我会告诉他们，练习便有可能，都不是白来的。你必须投入时间，建立起基本要件。培养出准确度无比重要，通过圆靶红心射击练习并建立起准头，是不二法门。

有一个健康的心态同样重要。如果你是女性，在男性称雄的运动中闯荡就很有可能会遭遇冷言冷语，因此具备坚强的心理非常重要。不过也没必要树立起“我一个人跟全世界对打”的态度，因为若有一个人向你丢石头，一定也有另外一个人伸手帮助你。

在我的射击生涯中，我曾接受许多人的指导、建议与协助，包括巴哈特、李楠、贾瑞特、麦克崚、迪欧尼希、永田、福勒等。

而若非欧阳在我射击生涯早期的指点，我绝对无法成为今天的我。我视欧阳为卓然有成、可以信赖的射击名家，他一直帮助我提升枪法。我设法追上他，与他齐头并进，还和他一起琢磨枪法，这让我能够更上层楼。

他也为我打气。我若对他说："这太难了！"他就会说："你要退，还是要继续下去？"

这对我来说当然是一个容易回答的问题，几年来一心一意不断练习，我的枪赛技能也终而圆熟。

因此，当我在靶场上被问到是否擅长射击或是有人对我投以怀疑或异样的眼光时，我丝毫不受影响。我了解他们为什么会问，而我给他们的回答也永远是："还行。"我已学会让射击表现替我发声。

对不认识我的人来说，我也许只是意外获得冠军的黑马。但话说回来，也许一点也不意外。"有其母必有其女。"我跟母亲一样，懂得如何在具有挑战性的环境里坚持到底。这就是所有冠军运动员都必须拥有的特质。

2014 年 10 月

发挥强项

有人曾对我说，我对任何事都不会浅尝即止，是那种试了一件事就会紧紧抓住不放的人，直至我完全娴熟。我会情不自禁去尝试那些需要花很长的时间才能精通的活动和事情。我有那种毅力，那种敬业的工作态度，会奋而不懈地投身其中，不管多久才能达成目标。

这说明了我为何会投入自己深爱不渝的比安奇杯。

2016 年的比安奇杯也是今年 11 月在新西兰举行的世界行动手枪锦标赛的资格赛，代表美国队参加这项世界比赛是我的目标。

我参加比安奇杯已经二十年了，赛场上还有一些比我更资深的射手，他们从 1979 年比安奇杯创办至今，年年赴赛，从不缺席。

由于在比安奇杯中选手必须具备

方蓁在比安奇杯四个项目（阶段）中大显身手（2014 年）

方蓁在比安奇杯四个项目（阶段）中大显身手（2014年）

高度的精准性，所以它被公认为射击运动比赛中最难的锦标赛之一。比安奇杯、国际实用射击联盟全国大赛和钢盘挑战射击赛，是美国年度行动射击赛的三大盛事。

我过去曾在国际实用射击联盟全国大赛和钢盘挑战射击赛竞技，但在发现这两项比赛不利于发挥自己技术所长后，我退出了这两项比赛。国际实用射击联盟全国大赛需要极强的体能，钢盘挑战射击赛必须具备极快的速度。我退出国际实用射击联盟全国大赛，是因为知道自己的体能不够，而且与同级的一些年轻选手竞争，自己的年纪也显得太大了。至于退出钢盘挑战射击赛，其实，我尚未达到自己的极限，但我知道自己无法达到自己想要的速度。

我建议射手朝向最能发挥一己之长的项目努力，我也因此选定比安奇杯。

我还在国际实用射击联盟全国大赛比赛时，只要是大师级人物到我住的一带传授技艺，我都不会错过机会前往聆听。我记得自己曾在一堂课中询问神枪手贾瑞特：“对女选手在实用手枪射击方面的表现，观感如何？”他当时回答我：“有些女性有时表现的确相当优秀，但许多却不够稳定。”他认为，准确与稳定是持续成功的关键。

我知道准确是自己的强项。

我念完狄安萨社区大学的枪械训练课程，学会射靶后，赢得数次区域性圆靶射击比赛冠军，我也知道自己可以借着永无止境的练习来磨炼稳定性。

我也因此选择了比安奇杯。在这项比赛中，要想脱颖而出，准确和一贯稳定是最重要的必备条件。然而，比安奇杯适合我的技术条件，并不表示冠军唾手可得。过去二十年里我不断磨炼枪法，以便在比安奇杯中不断有好的表现。

比安奇杯历时三天，比赛分四个项目（阶段）。选手共需发射192发子弹，满分为1920分。为了这192发子弹的射击，选手在练习时可能会射上三万到六万发子弹。比赛竞争之激烈，有时冠军选手是在两人战成平手时加赛一项，仅因一分之差而决胜负。

方蓁在比安奇杯四个项目（阶段）中大显身手（2014年）

四个项目（阶段）分别为行动射击、掩体射击、移动靶射击、翻板射击。

行动射击：有十码、十五码、二十五码、五十码四种射击距离。选手可在十五码处卧倒射击。选手射击时有两个射击目标同时出现。第一回合朝两个标靶各发射一发子弹，第二回合各发射两发子弹，第三回合各发射三发子弹。各个不同距离点的射击顺序都一样。行动射击是我最初参加比安奇杯时喜欢的

方蓁在比安奇杯四个项目（阶段）中大显身手（2014年）

项目，因为它让我得以发挥自己的强项——准确。

掩体射击：在距离标靶十码、十五码、二十五码、三十五码处设有掩体，选手就位射击时双手放在掩体后方，目标出现时选手拔抢连发六枪，然后重新将子弹上膛，从掩体另一侧重复同样动作，且在每一距离按此顺序射击。

移动靶射击：在自标靶十码、十五码、二十码、二十五码外的四个射击区，朝移动的活靶射击。选手必须在八分钟内在每一距离点连发十二发子弹，超过八分钟便丧失资格。这是公认的最具挑战性的项目之一，选手若是扣扳机不够流畅，练习不够充分，便无法过关。

翻板射击：选手在十码、十五码、二十码、二十五码处射击线上朝板靶射击。自每一距离射两回合，一回合射击六枚板靶。选手可以卧倒射击——我推荐这种方式，因为卧姿射击有助于选手稳定。“准确”二字兹事体大，因为打不到板靶成绩会大受影响。

我为何对比安奇杯情有独钟？

比安奇杯的意义之于我，从来就与奖杯能否到手无关，大多数参加比赛的老手也会如此表示。这是一项自己跟自己之间的比赛，我们都在那里看可以把自己推得多远、多高、多优异。

我有时想，参加比安奇杯就像攀登珠穆朗玛峰，在征服世界最高峰之前，选手必须登上沿途所有的山峰。

为了这项自我较量的比赛，我练习了成千上万个小时，然而我知道自己还没有达到自己的峰顶。登顶时我自会明白，但是我知道现在自己尚未置身彼处。我还在努力当中。

比安奇杯比赛压力奇大无比，竞争也异常激烈，最终的成功之路全在于心之所愿。你必须要求卓越完美，不断因应过程中一切所需之事。射击竞技之路，成功一如蜀道之难难于上青天，但是投入一定的热情、努力和练习，我们或可攀达巅峰。

2016 年 1 月

女性当有同性切磋学习的环境

我的射击生涯非常幸运，对我传道授业的都是一流师资，例如欧阳。我从未跟女老师学过，对我来说，这也不是什么问题，我要的是射击知识和技术上的进步，并不在乎老师是男的还是女的。

我也很习惯上课时周遭是清一色的男性。一开始学射击时，两年的枪械安全课程都是男老师教的，上课的学生几乎全是男性，而在进阶课程中更是看不见其他女性的踪影。

虽然男性称霸的枪械世界没有妨碍我向前，但是射击圈中缺乏女教练的确是个问题。我们若想看到女性的参与度提高，这个问题便须加以解决。

靶场有时对女性来说不是一个让她们感到自在的地方，虽然在靶场出现女性身影已经越来越普遍，但是仍有一些根深蒂固的想法需要她们去克服。

今年初，在前往我家附近的加州靶场练习前，我到一家杂货店购物。为了不让我买的绿色蔬菜在高温下凋萎，我把它们带到了靶场。在这个靶场射击的枪手和值星官基本都认识我，但是那天的值星官是一张生面孔。

我准备练习时，值星官坐到我旁边，他大概注意到我组合枪支设备的手法非常熟练，便好奇我是否经常射击。我告诉他平常多少会练一练。这时另一名老经验的射手听见我的回答，回头朝我看来，莞尔一笑。

值星官注意到我买的菜，问我："你射击完了之后要回家喂兔子吗？"我说："不是，要回家做饭。"他连忙解释说只是开玩笑。

我射击了数十发之后，值星官又向我走来，只是这次对我说话的语气不同了。他问我教不教学生，他想将标靶射击课程作为生日礼物送给他太太，而一位女教练可能更能启发与引导他太太学会射击。我告诉他这方面他大概说对了，不过我不教课。我建议他送太太到全国步枪协会为女性开设的特殊枪械射击训练班上课，因为全国步枪协会所授课程中，女性学习如何安全操作枪械的选项越来越多。

之后，我又跟靶场值星官交谈。他表示，男人带太太或女友到靶场来教她们射击是常有的事，只是他也注意到，启蒙老师若是丈夫或男友，她们来一次就不会再来了。

听到这番言论，一开始我非常惊讶：指导她们射击的人是深爱她们的人，难道她们会不自在吗？

然而，我结合现实想了想：周遭若都是我们认同的人，我们往往最感自在。一名女性射击新手跟一位经验丰富的男教练学习，即使教练是她的心上人，都可能是一件叫人裹足不前或望而生畏的事。

值星官问我是不是要去喂兔子，这并不是我头一次听见这类风凉话。我还是新手时，这类风凉话便无处不在、无时不有。在我射击生涯初期，女性在靶场露脸不会被当成一回事。如今，靶场上的女射手比二十多年前多，外界对女性射击的观感也变了，但是我仍不敢说改变的速度够快。

我还记得2013年，一名年轻的女性告诉我她有志成为一名制枪师。这是我头一次听见女性有此志向。她对我说她希望学会制枪，关于空气手枪的一切她都想学。

如今回想那段谈话，我非常欣赏她的言谈。我们的射击运动非常需要像她那样的女性，我们需要女教练，需要女制枪师。

相对于男性，女射手有不同的需求，例如，女性的手掌通常较小，手指、手臂较短，手的力道也不是那么强。我操作手枪时，必须针对自己的体型限制有所调整。如果深知女射手面对的挑战、能够让枪稳适地握在我们手上的女制枪师多些，岂不是美事一桩？

女性射击新手可能感觉自己不被制枪师当回事，取得枪支很困难。而我也是直到去年才找着一位有名的制枪师愿意全力协助我。

我希望女性射击新手可以有这样的感觉：她们可以找到好的制枪师，快速地为她们打造出针对她们需求的好枪；她们可以找到让她们感觉如沐春风、如鱼得水的好教练，教会她们射击，帮助她们磨炼技术。

令我惋叹的是，我没有当杰出教练的条件。我与外子家一在新加坡居住期间，我尝试当了三个月的老师，曾在一处艺术学校教美术，那次经验让我觉悟到自己没有当老师的天赋。但是有人有此天赋，男性女性皆然。

好些女射手会发现，她们所拥有的射击知识、技术和枪支修护技术都是跟男教练学的。有些女射手则坚持跟女教练学习，因为同性更能启发和引导她们，也更能让她们感到轻松自在。能够有所选择，是我们当得的。

2016年5月

身体如车　行驶人生

我总是把人的身体想成车辆，载着我们行驶人生。要车辆有好的性能表现，车里就必须有油，经常给予必要的保养。我们的身体也是如此，必须用好的营养提供身体“油源”，以经常运动来保养，否则，我们就不能期待它上路时能够按我们所希望的来表现。

我的原生家庭没有健身运动这回事，我从未见过父母运动，只有在父亲年纪大了、被诊断出有高血压后，才见到他开始做运动。他会在家中厅堂的走道上来回踱方步，这就算运动了。

我认识家一时，十八岁的我一个仰卧起坐或伏地挺身都做不了，体育课轮到我攀绳时，我会趁老师不注意溜队，重新排到队伍的后头。

家一则是一个热爱运动的人，骑马是他每天必做之事。他把多项不同的运动和户外活动介绍给我，诸如露营、马术、驾驭风帆、滑雪等。

三十二岁那年，爱子顾敏夭折后，我开始长期运动，参加有氧运动和骑马。投身于运动之后不久，有次我骑马不慎从马背上摔下来，扯裂脊椎，因此在旅居新加坡期间我把骑马换成驾驭风帆。两年时间里，我每天都在海上弄帆，身体中段也晒得黝黑。

年近五十岁时，我一头栽进竞技性射击后，越发投入地进行健身运动。进行射击运动之初，我参加了由最拔尖的射击家授课指导的课程。职业射击选手的器材、他们的一举一动，我都仔细留心观察。我发现他们共同的特征是身手矫健、体格健美。这些特征告诉我：有好身体才能在这项运动中见效果，才能有好成绩。

只有具备强健的身体，你才能度过比赛的辛苦历程。此外，体能好，敏锐性和耐力也会相应提高，有助于你忍受比赛带来的情绪压力。

爵士健美操是我射击生涯中主要的“例行公事”。这种舞蹈运动融合了一些动作，能让我的身体保持弹性和柔软。轻量举重也包括在内，但大部分是以锻炼心肺功能为出发点。我也参加塑身课，让身体每一寸肌肉都受到锻炼。我的身体更强健了，肌肉更结实了。这种体能课要采用多少重训，视个人情形而定。

我在射击生涯各个不同阶段跟过不同的体能教练。1995—1996 年，参加国际实用射击联盟全国大赛时，我跟着一位教练受了十八个月的训。比赛特别辛苦，必须有很好的身体灵活度和充沛的体力。教练通过重训和有氧心肺运动来训练我。在那段时间里，整个冬天我都定期去滑雪。如今我也跟着一位教练定期运动，以维持最佳体能和强化抗老能力。

教练教你一套运动，训练你如何通过妥当的技巧来做不同的运动。即使你以后不需要教练长期协助，学会基本技巧后，你也可以自我锻炼。

无论进行什么运动，都要让自己的身体有休息、复原的时间，这点也很重要。我的目标是一周运动四天，其他三天让身体得到休养。你必须要会判断身体的耐力，凡事不可超过自己的限度。运动过头、运动后没有充分的休息时间，可能会造成伤害，把运动搞得弊大于利，效果适得其反。

体能训练计划也得平衡，不要光是训练身体某一部位的肌肉，训练某一部位的肌肉后，下一步就要训练它相对的部位。教练会指导你如何去平衡。

我不认为人人都当死守一套特定的餐饮法，每个人对膳食的需求是不同的。

家一在斯坦福大学求学时期，当时最红、得过海斯曼奖的四分卫普朗基也在那里求学。家一说他在学校餐厅里看见普朗基吃早餐，盘子里堆满了食物：两块牛排、鸡蛋和烤土司。普朗基后来在全美美式足球联盟大红大紫，是超级杯两度冠军得主。

反观这一代的顶尖四分卫布雷迪，根据《波士顿环球报》的报道，他的饮食中百分之八十是蔬菜。

膳食的关键在于找到什么最适合自己，找到后就坚持到底。

无论个人的膳食需求是什么，重要的是尽量避免加工食品。冷冻食物、罐头食品和快餐都要敬而远之，有所限制。人生忙碌不堪，有时我们为了图方便而不得不吃下这些东西，但总是越少摄取越好。我们的身体喜欢的是“全食物”，我的膳食总是尽量包含新鲜果蔬再加上鸡肉、牛肉与鱼肉的均衡饮食。

我承认自己嗜好甜食，有时我会向想吃甜食的念头屈服——尽管我们想维持一份完美的膳食计划，有时却心有余而力不足。因此我想吃甜食时，常以一份水果，例如芒果、苹果、橘子或菠萝来代替。

家里总是摆些新鲜水果是好的，因为一旦糖瘾发作，总有一个更健康的选择可以代替。

诚如俗谚所说，我们吃什么就是什么，吃的若是垃圾食物，在激烈的竞赛中，你的身体会不听话，不按你的意思来表现。

我们的身体在不断老化。等你到了我的年龄，挑战是多而又多。不过，即使是三十岁的关卡，身体面对的挑战也比你二十岁时多，妥善的饮食和运动可能减缓老化效应。

秘诀是养成一套健康的生活作息。我们的身体会感激我们如此。如果你的饮食不佳、不均衡，试试看能否在六个月的时间里把饮食调整成正确的状态。六个月后习惯新的饮食，会更容易坚持下去。运动也是如此。一开始可能很难，但如果成了习惯，几个月后你就会接受它是生活中理所当然的一环。

虽然身体是我们人生的行动工具，但这部车子若抛锚损坏，是无法汰旧换新的。为运动、健康饮食拿出热忱来，你我都可以老当益壮。

2016 年 2 月

运动培养自我价值与观点

我十二岁移民美国，当时不懂为何美国举国都疯户外运动。

如今，在多年之后，我明白了为何美国人如此重视运动。

运动教会你忍耐到底，培养你情绪上的耐性和体能上的耐力，培养你的纪律性和团队精神，逼得你必须进步。

我从小并不是在有运动气氛的家庭中长大。

我父母都不是积极运动或会尝试户外活动的人，运动和户外活动也不是我自己的优先选项。我还记得念中学时，连一个仰卧起坐或伏地挺身我都做得吃力，在游泳池里也只有从左游到右的能耐。

一直到结识家一，我才开始涉足运动和户外活动。

方蓁（中）与家一带着三个子女去露营（1989 年）

家一一直都热衷运动和走到户外——他总是在动。我们有了孩子之后，也希望他们从小就接触运动和户外活动，不希望他们因为在户外会接触泥土和暑热，而视其为畏途。唯有自己运动，孩子才知道运动过程的种种辛苦，他们必须亲身熬过和自己去克服。而我们的户外活动也让孩子周末有事做，不惹麻烦上身。

两个女儿顾麟与顾麒，从小就跟着我们露营、登山健行。小儿子顾龙也喜欢健行。

我们也带着孩子去划船、滑水、俯冲滑雪。顾麟与顾麒青少年时期曾参加加州斯阔谷滑雪胜地的滑雪队。

我记得顾麟与顾麒还小时，我们有次在优胜美地国家公园登山，到了山脊顶，登高远眺，两个小湖泊进入眼帘，便为它们取名为麟湖、麒湖。她们至今都还记得这段往事，也曾带着她们的孩子前往该处一睹两湖风采。

家一与我有一个孙女、四个外孙女，我们的孩子也都要她们接触团队运动与户外活动，她们都喜欢俯冲滑雪。

顾麟的二女儿，十三岁的安妮卡，今年冬天生平首次尝试猎鹿。

她想跟着爸爸一起去打猎已经好一阵子了。今年，她父亲感觉她够大了，可以跟着一起去猎鹿。这是对安妮卡毅力的考验。

圣诞节清晨，她五点就起床，要在太阳露脸以前到达狩猎站。这是她猎鹿体验的第一天，冬寒料峭，她穿了三条长裤、四件衬衫、两件套头厚棉衫和一件借来的猎装。她整理好她跟她爸爸借来的猎具，直奔猎鹿守候小屋。他们父女俩安静地坐在有迷彩伪装的小屋里，免得惊动附近的鹿。等太阳一升起，他们就开始寻觅鹿的踪迹。

一连三天他们都无功而返，但是安妮卡锲而不舍。

到了第四个清晨，他们看见几只鹿走出树林。安妮卡的父亲指着一只领头的公鹿，鹿角异于一般。安妮卡的叔叔之前在这一带打过猎，曾经告诉安妮卡父女二人说，那一带有一只鹿角异常的公鹿，他建议他们就找那只，认为这对初次猎鹿的新手来说是一个好目标。

方蓁外孙女安妮卡守候猎鹿（2018 年）

安妮卡在写给我的信中说："我盯着雄鹿，一直到它站定，我有把握不会意外伤及周遭其他东西，合适出手后，我才出手。我以前从来没做过这样的事，很紧张，但同时我也非常兴奋。"

安妮卡猎中了她生平第一只鹿，但她的工作还没完。

她写道："我爸爸说狩猎不仅仅是开枪射击，知道在射中后如何处理猎物也非常重要。他教我猎后如何给鹿开膛破肚，如何将它带到屠夫那里。过程很恶心，而且真的很冷，因此我快马加鞭地弄，但这真是一次很好的学习经验。"

父女俩合力把公鹿装上他们的客货两用车，送去处理。

安妮卡不仅尝试到前曾未有的经历，而且是与父亲一同体验，这可能在他们父女之间形成一个新传统。

这也是运动和户外活动的另一美妙之处——将人联系在一起。像运动这样能把人团结在一起或联系在一起的事情屈指可数，这些珍贵的活动提供了成功的机会。

但我认为这都还是次要的，真正的益处是：通过参加运动竞赛与亲身体验户外活动，个人能得到磨炼，也能体察到何谓投入，过程中学会吃苦与恒忍的本事。

2018 年 2 月

相濡以沫 同气相求

诺尔斯－莱克斯三言两语就把她筹组的射击俱乐部形容得淋漓尽致。

诺尔斯－莱克斯是猎枪与娇西面包卷俱乐部的发起人，2018 年她接受美国步枪协会电视台采访时说：“我们先射击，完了之后，我们一起吃些糕点，非常文明优雅，而且乐趣无穷。”

诺尔斯－莱克斯是 2011 年成立俱乐部的，此后它就在英国茁壮成长，很快成为英国国内最大的女子射击俱乐部。

2012 年比安奇杯女子组高手云集：朱莉、方蓁、蒂芙妮、洁西（从左至右）

我欣赏她的构想。

这个俱乐部由一位女性经营，为女性而存在。

俱乐部全年在英国各地举行数十项活动，今年6月在全英各地欢度第五届年度全国女性射击日。

诺尔斯－莱克斯为想尝试猎枪射击，但不知如何入门，或是自己没有必要配备的女性，营造出一个友善的环境，你在其中会感觉宾至如归。新手可以向其他女性讨教，即使没有枪，也不是问题，俱乐部会提供，也会提供指导。

俱乐部里没有压力，也不让人望而生畏，高手、新手，各个技术层级的射手都有。

诺尔斯－莱克斯接受美国步枪协会电视台采访时说："这里有乐趣，有革命同志感情、姐妹情谊，我们一起学，彼此扶持打气，我非常珍惜。"

俱乐部成员从年轻的到老的，各种年龄层都有，有些是都市女性，另有一些来自乡间农村。这显示对用枪有兴趣的女性

方蓁（中）与克莱尔（左）、娇西面包卷俱乐部发起人诺尔斯－莱克斯有志共同促进女性参与射击运动（2017年）

各类都有。

“娇西面包卷”源自伦敦娇西区，外观看起来就像肉桂卷。

参加猎枪与娇西面包卷俱乐部的女性大多会带一个蛋糕来参加俱乐部的活动，在射击完毕后一起享用茶点。

我生性喜甜，因此非常欣赏这个点子。

但更重要的是，看见女同道帮助其他跃跃欲试的女性，我感觉非常温暖。

你也不一定要到英国才能找到一个服务女性的射击俱乐部。

在美国，著名的射击组织包括 AG & AG 女子射击联盟与精良武装女性，在美国各地都有分会。

在 AG&AG 女子射击联盟网站上，其活动被形容为“社交性质的聚集，女性在一个完全没有批判性的安全环境里，彼此打气、鼓励，提问讨论，增进射击技巧，在射击社群里聚在一起”。

女性参加 AG&AG 女子射击联盟活动和进行射击，都是在有证照的合格射击教练监督下进行的。

精良武装女性在其网站上形容她们的组织有着“拥枪女性的完备资源”，针对女性射击者提供训练与器材，也提供射击新手老手各处在地的女教练信息。这个组织在美国四十九个州都有分会，为女性共同磨炼技巧提供平台。

这些组织为何重要呢？

很多人在一个有同好、欢迎他们的环境与气氛中进行新活动，更能进入状态，乐在其中。

二十多年前我进入射击运动领域的时候，还没有一个有力的网络为女射手打气，我找教练和制枪师非常难，比赛场合则阳刚气充斥，会叫女性裹足不前或退避三舍。

即使是在近年，我参加的比赛中，女选手寥寥无几也是常态。

我还记得在我早期的射击生涯中，参加比赛总感觉受藐视，他们看见我这个体态娇小的中年亚裔美国女性，心中都暗忖：“她真知道怎么射击吗？”

当然我发枪射击后，他们开始变得很友善，因为我的表现好，出乎他们的意料。

我从未想要引人侧目或自我标榜是女选手。对我来说，我是个女选手，跟男性因为他们的性别而是男选手一样，从未感觉有何不同——都是场上的竞争者，都设法尽力射出自己最好的成绩。我不希望招引不必要的注意，我的举止也非常专业，总是安静地为比赛在忙。

我四十多岁时开始进行射击。在养家、持家和协助外子做生意的事上，我备尝艰辛也备经历练，因此尽管在靶场上我遭受的一些异样眼光会让我有点气躁，但绝不至于叫我半途而废。

不过我的确也想过：如果我年轻些，没有太多的人生经验，又会是什么情形？我会持续坚守对射击的爱好，还是那个可畏的阳刚世界会令我停下脚步？

我这不是在抨击男选手，事实上，在我的射击生涯中，我有幸得到一些男性的帮助，他们都是我的良师益友。

一个女子射击组织无法关照或吸引所有的未来女射手，因为有些女性可能在男选手群里如鱼得水或愿意跟从男教练学习，有些女性甚至喜欢被男性包围或因此更有学习动力。

这些都无妨。

学习枪法是可以殊途同归的。

重点是，女性理当能有所选择，她们理当受到重视，她们有权利延揽正视她们的教练，用她们感觉受尊重、受欢迎的方式受教，她们当得适合她们的枪支配备，她们应该能够接触了解她们配枪需要的制枪师。

渐渐地，射击改观了，射击运动越来越欢迎女性，诸如猎枪与娇西面包卷俱乐部、AG&AG女子射击联盟、精良武装女性等组织发挥了促进作用，不仅为女射手提供了更多的选择，也提升了女射手在射击运动中的曝光率。

女性若能继续团结一致、相互支持、保有力量、经常参与，射击运动会向更善更美的方向走去。

2019 年 1 月

与智贤能者为伍

当美国步枪协会女性分会邀我上一集网上电视节目《一射钟情》时，我一口答应了，因为我感觉这是我回馈射击运动的一个机会，尤其是它让我有机会帮助其他女性，让她们了解如何处理枪械。

方蓁（左）在俄克拉荷马州接受朱莉的采访（2019 年）

方蓁（右二）在俄克拉荷马州录制《一射钟情》节目时与后进女射手交流（2019 年）

我其实不是一个能在电视镜头前侃侃而谈的人，对自己充任人师也不觉得可以愉快地胜任——我生性更适合当学生。但我从射击运动中，从帮助我的启蒙老师那里收获良多，知道自己义不容辞，必须抓住机会去启发下一代的射击选手。

结果，我有意外的大丰收：同场出席的来宾也开阔了我的视野。

通过节目，我结识了五十岁的伊凤。她经营灵魂料理餐车生意，进行的是腰枪射击，有志提升自己的枪术。她在多方面对我有启发。我乐见非裔美国女性对射击运动产生兴趣，参与射击运动的人口越多元化，这项运动就越发能蓬勃发展。在我参加比安奇杯的这些年间，场上始终只有我一个华裔美国人。

我看到伊凤这样一个在中年之际致力于磨炼枪法的人，也感触良多。我自己是在四十七岁时才开始对射击郑重其事，但我没有让年龄妨碍自己。伊凤对我快到知天命之年才步入射击，也同样深受鼓舞。

学习新事物永不嫌晚，她也是一个好例子。

另外两位上节目的女性分别是雅莉山卓和科琳，前者擅长骑马，希望学会射击进行马上枪赛，后者则希望射击运动能为她的生活方式定调。

她们三位都是令我钦佩的女性。

我特为节目录像而飞到俄克拉荷马州。那天头一场活动是出席朱莉主持的圆桌会议。朱莉本人也是神枪手。在讨论中我现身说法，与三位来宾分享我的习枪与比赛经验。

我叙述我如何因为怕枪，想克服畏惧而开始尝试射击，之后我又如何设定目标，在射击课程中一步步提升自己的枪技，终而开拓出我的射击事业。

我分享自己练习与准备的心得，强调有心、有意愿的重要性。射击就像其他任何运动一样，要出类拔萃，不仅要具备体能技巧，还要灵敏无比，要志在必得。

而不管比赛时发生什么事，你一定要有始有终，完成比赛，即使不是在自己的尖峰状态，也要勉力赛到终点。唯有如此，才能进步。

下午，我们移师靶场，三位来宾的任务是参加一连串比安奇杯模式的比赛，项目包括行动射击、移动靶射击、翻板射击，缺的只是掩体射击。不过跟比安奇杯不一样的是，参与者在若干项目中可以使用手枪或半自动步枪。比安奇杯是手枪比赛，不使用步枪。

夏天在美国中部待过的人，都知道那里的暑热和湿气多么逼人。

在比安奇杯比赛了二十一年，我深知比安奇杯举行地密苏里州哥伦比亚市每年 5 月底的天气如何。

下午三点左右，与赛者在三十四摄氏度的高温与很重的湿气下竞技。即使在无压力的理想状况下，新手要记住练习时学到的技巧与策略都很难，何况是高压罩顶的真枪实弹的比赛。而犹如烤箱一般的温度也是一道障碍。

比赛进行之际，我留在等候上场射击的选手身旁，面授机宜，在轮到她出手前不断给她打气，好稳定军心。

她们一个一个都在比赛全程展现出高昂的斗志，我佩服她们竞技的意志和专注未有丝毫动摇或消退。这对她们来说是全新的比赛项目，她们的射击生涯也还有待展开，但她们在摄影镜头前挥枪、扣扳机时没有显露丝毫惧色。

全程无人退阵，无人不支而退。

方蓁（左一）在俄克拉荷马州录制《一射钟情》节目时指导后进女射手（2019 年）

她们展现出的运动精神不限定于单一年龄层或特定类别的人，只要你有竞赛的动力，你身上就有这种精神。

要成为一名优秀的射击运动选手，需要的不只是天分，还需要全心投入、坚韧不拔、专心致志，在他人要休假时你还愿意继续练习。论运动，唯有如此才能超越。人生也是如此，只有无怨无悔、坚定持续，潜力才能发挥到极致。

那天的靶场经验将我带回我比赛的岁月。一年多前，在2018年比安奇杯比赛结束后，我从射击竞赛场上退了下来。退休，我毫无悔意，然而看到后进同侪心无旁骛地朝目标努力迈进，提醒了我射击运动与比赛的千钧震撼之力。

我感觉仿佛自己仍是回到靶场比赛的选手，我如飞鸟归林，好像从来没有离开射击运动。

朱莉邀我到俄克拉荷马州，让我有机会分享我在射击生涯中长年累积出来的智慧，对后进新秀发挥正面影响力。但是这种影响力有来有往，在《一射钟情》节目录制过程中，我与她们同处、同进退，我得到的启示不亚于我所给予的。

那天也提醒了我：置身于勇往直前的人群中，感觉如插翅飞腾！身旁那些人的态度会感染到你，因此，对我们有正面影响力的人，要经常为伍，时相过从。

2019年7月

寻访良驹的启示

家一今年初前往丹麦，去寻觅一名“运动员”。

他想找到一名能够展现专注力的运动健将：知道保护身躯，避免伤害，能够应付数千小时的练习，能够在压力下竞技，而且高压下越发英勇。

家一马上英姿（2019 年）

家一从丹麦购得盛装舞步马“印刻纹素”（2019 年）

家一前往丹麦物色的是一匹一流的盛装舞步马。他在思索优异舞步马应具的各种特质时，发现马身上的这些特质与比安奇杯一流选手要具备的特质居然如出一辙。

他从丹麦的蓝马马场觅马回来后，有感而发：“他们仿佛在那里训练比安奇杯选手一样。”

其实岂止于比安奇杯，家一要在马身上找寻的特质，也可在各类运动的顶尖选手身上看见。

家一十二岁左右开始骑马。当时他跟母亲一起住在巴西，他们养了一匹马，他每天都骑。夏天里，他几乎整天都在马上，天天如此。他在斯坦福大学做研究生时，我们住在校园公寓里，都选修了马术课程，当然家一上的课程难度比我高太多了。

我一直都没有追上他的水平。我在新加坡扶轮社骑马时，曾不慎从马上摔下来，摔伤了脊椎，事后家一问我：“你怎么没有一个鹞子翻身下马？”这当然是玩笑话，我哪儿会。

家一过了七十岁后，再度勤练马术。我为射击比赛出外受训时，家一就忙着骑马。他的马术风格原属英式骑跳，后来改学盛装舞步马术，过去三年半里一直跟着教练学习。

盛装舞步马术是一种骑马方式，马和骑师表演一系列规定动作，人与马的动作需有高度的默契，非常优雅，几乎就像一种艺术。

当家一的马术教练提到要回她老家丹麦为一名客户买马时，我鼓励家一同去，看看是不是能买到一匹他也中意的马，就算空手而归，能去也是一个很好的学习机会。

家一和他的教练一共参访了七处马场，最后决定在蓝马马场下单。蓝马马场只培育盛装舞步马，一共饲养了约三百五十匹。

在马出生后的头几年，它们只在场上驰骋，大约四岁时就交给一位驯马师。所有驯马师均为一流的骑师和奖牌得主，一人负责一个马厩，一个马厩大约有十匹马。每名驯马师手下有两名刷马助手。

马匹每天受训两三小时，一周受训六天。其中的首选都有潜力在奥运中夺魁。

驯马师找的是展现出有受驯意愿的马匹——愿意练习，喜欢被骑，机灵而喜欢表演。一流的出色马匹必须愿意全神贯注地反复练习。

蓝马马场就像马儿的五星级酒店，它们有专用的走路机。

盛装舞步马的腿很瘦，很容易受伤，因此必须加以细心照料。它们定期洗澡，也洗冰水澡，以利康复和保持干净。马厩的打扫工把马匹的家整理得非常好，员工对待马匹就像对王室贵族。

虽然任何类型的一流运动员，包括马匹，都必须具备一定的特质，但运动员的长技并非“众生平等”。美式足球的四分卫不能依靠他们赖以抱回超级杯的技巧来逐鹿比安奇杯，驰骋球场的篮球明星亦然。

我们适不适合某一项运动，以及是否能很好地掌握该项运动的部分能力，最终也要归结于生理。即使在射击领域，选手要在不同的射击专项中出类拔萃，就需要在不同的技术专项上有过人之处。

射击生涯早期，我在钢盘挑战射击赛与国际实用射击联盟全国大赛中竞技，但我发现自己并不具备这些领域比赛专项所需要的速度与体能，无法有一流选手的表现。因此我把目标转移到比安奇杯，这项比赛可以让我好好发挥我在准确度上的优势。我知道自己有吃苦耐劳的心理准备，也有长期迎战的练习动力，可以把准头磨炼到登峰造极。

家一在丹麦买了一匹六岁的马，叫印刻纹素。这匹马展现的特质，就是驯马师希望在优异盛装舞步马身上看到的。它友善、机警、听话，愿意接受训练和练习。不过因为生理血统的关系，它无法成为金牌赛马，因为它没办法长到足够高。但也因此，它非常适合家一骑乘。印刻纹素的体态与家一身高切合得好，家一能找到它是非常幸运的。

家一打算骑乘印刻纹素几年之后让它参赛。像伯乐一样寻到良驹后，家一可以纵情马上，而且它是一匹上驷，具备任何一类一流运动选手身上都看得到的最佳特质。

2019 年 9 月

退而无憾

我热爱射击运动的朋友中有些人总喜欢提醒我："再两年就退休"的话已经说了二十年了。

没错，长久以来，若有人问我："你觉得自己还会比赛多久？"我会回答："两年。"最近，这个"两年"的时间表听起来比以往更像真的。

我必须面对现实，2016 年 12 月，我将年届七十。

衰老没有人躲得过，尽管我内心依旧热情，身体却渐不配合，力不从心。

大约十八个月前，我注意到我的两臂在萎缩，肌肉渐渐松弛。最明显的是前臂，上膀臂也在萎缩中。我不是因为不努力运动而至此，我的健康饮食照旧，运动如常，而且也小心翼翼地不要做过头。

我的记忆力不复以往那样敏锐，视力也是如此。练习时间我必须妥善运用，因为体力不允许我像以往一样练习那么多钟点。以前，我一天可射击一千发子弹，一周连续练七天，手若是肿了，晚上我会把手泡在冰块中消肿。而现在，射击了八百五十发子弹我就停下来，休息的天数也比以前多了。

这些迹象都告诉我，我从射击运动退下来的日子近了，也许我会在 2016 年世界锦标赛后退休，也许那之后仍还有个几年。

2017年方蓁著作《巾帼枪神——世界冠军之路》英文版出版

身体是我们度过今生的车辆，而我的里程跑得非常长。不过，就在退休时间日渐逼近时，我内心毫不伤感，当我挥别这项运动时，我没有遗憾。我知道我尽了自己最大的努力在我最可能的高水平上竞赛。在我的整个射击生涯中，我毫不松懈地鞭策自己，无怨无悔，身心皆然。

虽然我对退休日的到来一无所惧，但是我也不会试图催它早日来临。我深爱这项运动，新鲜刺激能与这项运动可堪比拟之事，此生恐难再遇。这项运动叫我非认真不可，遇到机会便想精益求精、更上层楼，而且在过程中乐此不疲。

由于我是天生的工作狂，射击对我再适合不过。我认真磨炼技巧时，我是全神贯注的，若是任由我自己发挥，我会变得漫无目标、昏昏沉沉。

我不想变成那个样子，这是我尚未离开这项运动的一个原因，虽然放弃的念头曾经闪过脑际。

年来不断有朋友问我什么时候才会停下射击，好像我做的是什么不对的事。如果我竞赛的项目是像高尔夫之类的运动，我怀疑他们是不是会问我何时不再比赛。但是他们不停地问，我在 2003 年时考虑过急流勇退。

我偶然闯入这项运动，因缘际会让我留了下来。我原以为等我射击的胃口满足了、玩够了，我会再去尝试不同的事情。

多年来，外子家一一直是我最好的顾问，他不懂我为何言退。那时我的成绩在一个极高的水平上，犹如日在中天，家一提醒我，我一路走来是花了很大的努力和代价的。他问我："你为什么想放弃自己这么擅长的事？"

我了解到我还没有理由那么做。我喜欢压力，它有助于我专注。射击也让我身心健康，它让我有动力去锻炼我的身体，挑战让身体提高上限；它刺激我的头脑，让我更清楚如何策划赛前训练、正式比赛。

方蓁为著作《巾帼枪神——世界冠军之路》摄影（2009 年）

家一的朋友中有些已经退休了，他们口中的退休生活，不是那么令人向往：退休前的工作若是让生活步调紧凑，一旦退休便会感觉好像无事可做，手上有的是时间。听了他们的生活故事，我意识到只要身体还许可比赛，退休对我而言并非好的选择。

当然，终有一天我还是得从射击事业上退下来，那天到来时，我一定要有把握我会有足够的活动填满我的时间。我目前正在撰写我生平第一本书《巾帼枪神——世界冠军之路》，志在必成。书出版时，我也要有精神与力气去告诉世人我的书问世了。我若在未来几年退休，我仍老当益壮，可以去宣传我的著作。

我大学里主修艺术，也打算重新发挥我对艺术的爱好。若能成立一个自己的平面设计公司，应该会乐在其中。我不靠它来发财，而是要自得其乐，让自己一直积极活跃。

许多有高水平、高成就的运动员一旦从他们专精的运动项目上退下来，以往好强争竞的习性就不知往哪里放。但我不容自己如此。我比赛从来就不是为了击败他人，我有今天，是因为我想发挥自己所有的潜力。

退休日近了，也可能就在眉睫。即使我仍一心想往前，如往常一样为这项运动忙碌，但能这样做的日子已经不多了，至少不是在我想要的水平上。我对那一天的到来毫无所惧，坦然面对。反倒是只要身体允许，我仍要享受这项运动能带给我的乐趣，一点一滴都不错过。

2015 年 10 月

抓住机会　全力以赴

两年前我在新西兰参加世界行动手枪锦标赛，当时我猜想这大概是我最后一次在世界舞台上比赛。

结果呢，机会又来敲门。

第十三届世界行动手枪锦标赛年度大赛今年 5 月 19 日、20 日在密苏里州哥伦比亚市举行，获选代表美国队的女选手共有四人，我是其中之一。1999 年的新西兰世界行动手枪锦标赛是

退休前方蓁代表美国队参加在密苏里州哥伦比亚市举行的世界行动手枪锦标赛（2018 年）

退休前方蓁代表美国队参加在密苏里州哥伦比亚市举行的世界行动手枪锦标赛（2018 年）

我在世界赛中初试啼声，今年是我第九度参加这项世界性大赛。

今年获邀参加，感觉分外甜美。我已七十一岁高龄，做梦也未想到这个年纪还能参与这样大的盛事。这完全是一项荣誉，能在自己家乡的土地上代表美国参赛，也非同小可。

世界行动手枪锦标赛上次在美举行是 2014 年。那年我摔断腿，也因顾虑到次年仍计划参加比安奇杯，因而未能单刀赴会躬逢其盛。

今年的比安奇杯在世界行动手枪锦标赛后三天举行，表示两项比赛之间只有两天的缓冲时间。这两项比赛都在绿谷步枪与手枪俱乐部举行。

两项比赛安排得这么近，我完全清楚背后的逻辑——这样做能减少海外选手赴赛的开销、交通往返的时间与劳顿。

然而两项大赛如此紧凑，也形成一项特殊的挑战——考验选手的专注力。两项比赛都参加的选手，可能出现后继无力的情形。

射击运动选手对此都有深刻体会，我们能够专注的就那么多而已，我们能够发射的子弹也就那么多而已，之后，我们就拿不出力气了。当这种情况出现时，选手的专注力就告枯竭，发挥不出平常的水平。几天前你可能还生龙活虎弹无虚发，但是一旦筋疲力尽，一切就心有余力不足了。

我知道自己在赛过比安奇杯后是什么光景，这项比赛让我消耗不轻，身心俱疲。比完赛后，我会如同虚脱两个星期。其他比赛对我都不像它那么耗力气。经过几周休息后，我才又感觉精气神恢复，我又是我了。

既然知道自己赛完一场大赛后会体力不济，我的体能和心智又如何能承受两场如此紧凑的争霸大赛呢？

退休前方蓁代表美国队参加在密苏里州哥伦比亚市举行的世界行动手枪锦标赛（2018 年）

在我的射击领域，比安奇杯是地位最高的项目，我也视它为最有分量的比赛。脑子里既有这个意念，我便开始考虑在世界行动手枪锦标赛中保留实力，好为比安奇杯养精蓄锐。

我征询外子家一的意见。

家一虽不是射击运动选手，却是我射击生涯中备受信任的军师。我非常重视他的建言。

家一不赞成我在世界行动手枪锦标赛中虚晃一招，等到比安奇杯再火力全开。

一如家一所指出，即使我在世界行动手枪锦标赛中只是应卯演出，也不能保证我能及时在比安奇杯中精锐尽出。

家一说："去参加世界行动手枪锦标赛吧。尽力而为，看

退休前方蓁代表美国队参加在密苏里州哥伦比亚市举行的世界行动手枪锦标赛（2018 年）

看你在比安奇杯还有什么样的余力。”

我同意这是一条正确的路。

此外，未在世界行动手枪锦标赛中全力以赴，日后我对自己又会有何观感?

我不想让我的代表队和国家失望，能够代表美国是一个荣誉、机会，叫人谦卑下来，我也不能视其为理所当然。

尽力把握机会，不让机会擦身而过，原本就是我做事的原则。我这样教导子女，自己就不能光说不练。

我要在世界行动手枪锦标赛中倾尽全力，也希望自己在比安奇杯中还行有余力。如果我在比安奇杯的表现因此而受影响，至少离去时我知道自己尽了最大努力。

在我这样的年纪，我也只能这样自我要求。

今年可能是我最后一场世界行动手枪锦标赛——也可能不是，就像我以为当年的新西兰世界行动手枪锦标赛是我的最后一次。

20 世纪 90 年代初期，我对欧阳恩师说我只要再比赛两年。

他笑了，回答：“是哟，再两年就好。”

我对子弹供货商也说了同样的话。

毕竟，我开始射击运动时并不一心以当冠军枪手为职志。我开始射击是因为我想学枪械安全。后来因为遭逢个人危机，我全力投入这项运动，它成了一种治疗方式。

既然家一支持我，给了我比赛的信心，我就义无反顾，只管向前。

过去二十五年来，我一再说只要再赛两年就封枪。

欧阳大概很早就不信我两年后退下的话了，倒是原来的子弹供货商退休不做了，另有人接棒经营。

12 月满七十一岁时，我对家一说，我想自己在射击比赛上还有一年的时间。家一认为我还可以再继续个两三年。

我回答："那时我就七十五六了。"

家一反问我："你会怎么选？继续射击，还是回来帮忙带孩子，学做饭做菜？"

这么一说，我的选择就不言而喻了。我不喜欢烹饪。

射击让我脑子不呆滞，让我身体不凋萎，让我不坐在家里猛吃巧克力。

无论是好是坏，马不停蹄地接连参加世界行动手枪锦标赛和比安奇杯会是一生难忘的经历。

这样的赛程令我害怕，它对参加两项比赛的任何选手来说都是大挑战。我不知道比赛结果会如何，也不知道自己如何挺住，但我勇往直前去找寻答案。

2018 年 4 月

我为何从射击运动退休?

精准，是我射击生涯的标杆。我的练习、受训方式精准，比赛前几周，我的饮食毫不马虎，为比赛准备用枪与装备的方式，我也不含糊，精准到家。因此，我想我在“精准时刻”决定退出运动射击比赛，应该不是巧合。

5 月 23 日晚上八点二十三分，在比安奇杯首日比赛过后，我在密苏里州哥伦比亚市的旅馆房间里，边吃晚餐边看一部叫《情热传说》的电影。电影结束后，我把左手放在右臂上，感觉不到手臂的力气，也感觉不到结实的肌肉。我知道我的身体不再听我指挥、为我效力，那一刻，我决定是退休的时候了。

我还没有告诉任何人。又过了两天，我赛完比安奇杯，它也成了我道别射击生涯的最后一场比赛。想到比安奇杯教会了我那么多事，在此时此地结束射击生涯，应该是合适无比。

即使参加比安奇杯已二十一个年头，这里仍有让我吃惊的地方，毕竟我到哥伦比亚市比赛之际，宣布退休的念头还不在脑子里。

不过，在今年的比安奇杯来临之前，我知道自己面临的是极大的挑战。

世界行动手枪锦标赛和比安奇杯在哥伦比亚市接连举行，我在这两大比赛之间只有两天的休息时间。虽然这是我第九次参加世界行动手枪锦标赛，但是两项比赛前脚跟后脚，如此紧锣密鼓，也是以前从来没有的事。

这次参赛我已七十一岁，知道要在这么短的时间里，在如此高压下连续比赛两场，身心都极受考验。我祈祷自己能有不错的分数。

但是最终并没有心想事成。

我在世界行动手枪锦标赛中的表现不理想，但是我搭档的队友哈里森射击得漂亮，我们在团体女子组仍得到第三名。我在紧接下来的比安奇杯中也表现平平。

虽然对自己的成绩沮丧不已，但我还是为自己能走上这条道路深觉感恩，如果我在比赛中表现得好，也许会感觉要再拼个一两年。

但赛下来我反倒感觉退场的时候到了。对自己的决定，我感到平静心安。

赛完了比安奇杯，我看到朋友、开了一家叫“你说啥”客制耳塞专卖店的亚格维奇，对她说这次比赛是我的最后一次。

话瞬间就传开了。

昔日我从不在赛场上与人周旋、拍照，但这次不同，这是我比安奇杯的告别赛。

我在比赛行政大楼前，跟同侪、好友等合影留念。

虽然我的得分不是自己想要的分数，但是我不感觉痛苦或难为情。对自己能够赛完比赛，我满怀感激。

前两年赛完之后，我都没有参加比安奇杯的晚宴，因为比赛完，为晚宴安排插花和赠礼事宜之后我已筋疲力尽。但今年

方蓁在参加其个人射击生涯最后一场比安奇杯比赛后宣布退休（2018 年）

我带了一件可以在晚宴上穿的礼服，为万一自己想去预做了准备。我真是高兴自己带了衣服，因为今年我想出席颁奖晚宴。

晚宴上，我坐在枪法高超、今年女子组冠军安妮塔旁。美国步枪协会的维多利亚是晚宴的司仪。在颁奖给女子组冠军前，维多利亚向满室的选手宣布我的退休。在座的人全体起立鼓掌，掌声久久不歇，充分流露致敬的真诚。

过后，同侪一一过来道别，流下不舍的眼泪。

这样的送别超出我的想象，我感到荣耀无比。

那天晚上当我回到下榻旅馆，畅快、轻松无比，感觉肩上卸下一块重负——我不必再在暑热中拼搏，不必强迫自己为了准备比赛而每天用掉八百五十发子弹，再也不需要在比赛日清晨五点被电话唤醒。

有时你做一个决定，但不确定是不是做对了。然而这个决定，“感觉”错不了。我周六醒来时，依然感觉决定是对的。

通常对我来说，一旦我决定事情结束了，便不会反顾再三。

从比安奇杯退休，我一点也不后悔。为这项比赛我付出了全副心血，所成就的超过我四十多岁开始射击运动时所希望达到的。

退休那一刻，我不再想着自己为射击留下了什么，心中只对我从射击运动与比安奇杯中所得到的收获感谢不已。

我珍爱比安奇杯的经历，以及在那里得到的教训与心得。比安奇杯培养出我强烈的纪律性，增强了我的耐力，让我能够正视困难，勇于面对并加以克服。它也教会我如何建立目标与达标。我学会了绝不轻言放弃，永远致力于卓越超绝。

我培养出自信、自尊，也学会自我依赖。

我退出赛场时，也带着学到的这些功课挥别射击竞技。

我不打算就此安享人生，虽然放下枪，但我知道下一个挑战在等待着我。

2018 年 6 月

第二部

愈挫愈勇

每一朵乌云都有一道金边，有时乌云越暗，金边越明。你只有耐心等待月亮从乌云中探出头来。

我的腿摔断了，纵然没念过医学，只消看看腿，就知道摔断了。

那是 2013 年 4 月，我刚刚独自在密苏里州哥伦比亚市附近的靶场为比安奇杯做完预训练习。我爬回自己的车里，打电话给 911，一辆救护车把我送到医院。不久之后，我开始复健。

我是腿受重伤、有年纪的人，但是我不允许自己赖在地上，我把复健复原，参加下一年度的比安奇杯，当作自己的人生使命。

2014 年，我回到比安奇杯参加比赛，但是 2015 年 1 月，却又在滑雪时意外撕伤前十字韧带。两年前我从比这个更严重的腿伤中复原，因此我规划了一个复健复原的时间表，每做完一项就打钩做记号，目标是要参加那一年的比安奇杯。我照表操作，虽然情况欠佳，却如愿在受伤几个月后回到赛场比赛。

而我在个人生活中遭到的磨难和考验，也不是我在射击生涯中所遭遇的挑战可堪比拟的。家一和我的头生儿子夭逝，多年之后我还碰上一场个人情感危机，几乎动摇了我的人生观。

老实说，我也有堕入黑暗深渊的时刻，甚至不知怎样活下去，只能咬紧牙关过一天是一天。我的“救援系统”长期支撑着我，加上我把自己完全投入射击运动，黑暗终究过去，我也有如脱胎换骨，更加坚强。

越老，我越感觉我们不应生活在恐惧之中，担心逆境或艰困。要知道，每个人都有遭遇困难的时刻，我们如何反应，决定我们是什么样的人。

咬牙忍痛重返赛场

他们异口同声说：“办不到！”

元旦滑雪摔跤，伤到左膝前十字韧带和内侧对位韧带后，我求诊的第一位医生对我这样说，后来看诊的医生、友人也如此告诉我，一名复健师甚至嘲笑我的比赛念头。

大家都说我参加今年 5 月 20 日开始的比安奇杯是不可能的事。他们不断地提醒我：养伤至少需要九个月的时间。

伤后的几周里，连我自己也这样告诉自己：比赛绝对去不成了。我脑子里已经在想：今年的比赛就坐镇家中吧。

但养伤一个月后，我改变了念头，我决定要去比赛，即使自己不能表现出最好的一面也无妨——跟女儿顾麟的一席谈，改变了我的心意。

受伤后不久，外子家一曾建议我还是应该去比安奇杯，能不能竞技都没关系。他认为同侪会明白我的状况是无法下场比赛的、不能卧倒射击的，但是我无论如何还是应该去。我认为这种想法非常可笑，既然无法发挥枪技，又干吗去凑热闹?

和女儿家人的一场聚餐改变了我的想法。那天我戴着手术后装的支架，与女儿顾麟、女婿和外孙女共进晚餐。

女婿和外孙女都打网球，那天晚上见他们看网球赛电视转

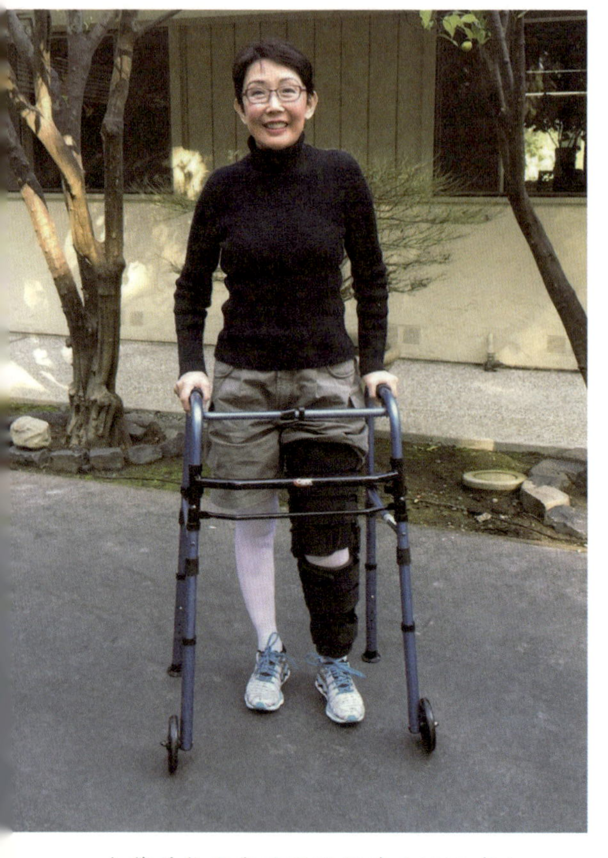
方蓁受伤后靠助行器行动（2015 年）

播看得津津有味。女婿告诉我纳达尔在澳大利亚网球公开赛的故事。纳达尔在第二轮抱病上场与美国选手斯米泽克较劲，在晕眩、呕吐和胃抽筋之下，经过四小时的艰苦缠斗，纳达尔终在五盘赛中胜出。

女婿说，纳达尔抱病应战，却没有像有些我们所见过的运动明星那样，把它宣传成什么天大的事，这是运动精神的崇高展现。

大约一周后顾麟来探望我，跟我讨论我因身体违和，无法在比赛中有好的表现，而打算在今年比安奇杯缺席的事。

顾麟认为，因为状态不佳而避战是个很没有运动家风度的想法。她建议我想想纳达尔精神——即使不是在巅峰状态，他也奋战不懈。

我感觉女儿的想法是对的，我不但应该参加比安奇杯，而且要为比赛全力以赴。

我想自己重回赛场也有几个优势。

我曾有受伤痊愈后的比赛经验：2014 年比安奇杯之前，我下肢受伤，而距此十三个月之前，我在射击练习时被绳索绊倒，右腿胫骨和腓骨出现裂痕，脚踝骨挫伤，无法参加 2013 年比安奇杯。

此外，相较于其他运动的膝伤，射击的运动伤害康复的时间快一点。我不用担心会像美式橄榄球运动员一样，跟我的对手（还有我的膝盖）撞个满怀；我也不需要像足球运动员一样，经常扭曲着身体，在场上左曲右拐地来回奔跑两个小时；我更不需要像篮球运动员一样持球跑跳，弹高射篮；我需要的只是膝盖复原到能够让我屈膝和卧倒射击的程度。

最后一点是，在遵照医生的嘱咐上，我是好学生。凡是医生告诉我要做的，我无不全力照办。

膝盖的复健计划跟之前腿骨受伤后的疗伤方法相似——中西并用，融合重视物理治疗的西医和重视休息、药膳、食疗的中医。

膝盖手术后我靠腿部复健机器锻炼我的腿。在那机器上运动一点也不轻松，我每天反复不停地做，时间超过六小时。

物理治疗包括好几小时的室内脚踏车、慢跑机上的训练，另外还有伸展练习。我必须重新教会我的脚如何正常走动。

此外，我的中医师帮我准备了草药方，将草药熬成茶汤一般饮用。这些草药是要加强我体内的循环，健康的血液循环对复原过程极为重要。一连四周，我每天都喝两碗药汤，后来才减为一天一碗。我也相信华人所信的高

方蓁在比赛前伸展身体（2015 年）

热量食物可以加速康复的说法，吃了许多牛筋、牛排、鸡和鱼，搭配很多水果与叶菜类蔬菜。

按摩治疗也成为疗程的一部分。我希望借舒活经络，两腿能多听我使唤一些。

整个复健过程中我很清楚我不一定能赶在比安奇杯前康复，即便赶得上，我大概也不是在最好的状态下赴赛。

但是我若不参加，我就会错过参加全国性比赛的机会，而我能够参加这样的全国性比赛的次数已经不多了。2016 年我就七十岁了，我希望届时不仅能参加比安奇杯，更能飞到意大利参加世界行动手枪锦标赛。

2016 年的比赛落幕后我可能会淡出射击体坛或是宣布退休，但那不是现在。现在还不是谈退休的时候。

现在是推动自己勇往直前的时候。

就算今年比安奇杯的成绩不尽理想，我也不会失去信念。我要表现出的是自己的水平，不是他人的。我的看法是：我没有什么好输的，今年在比安奇杯即使表现不完美，至少也要展现出良好的运动员精神！

2015 年 4 月

攀登个人的珠穆朗玛峰

人们常常会产生疑问："你为什么还在参加射击运动？"今年底我就要七十岁了，近年来的比赛表现也只能说是差强人意而已。

然而我还不准备掉头而去，我还在朝我心目中的人生巅峰攀爬，一心一意要登顶为止。

我的血液里面流着冒险精神，我喜欢在尝试到达新高峰之际让自己扑向极限。

我一直都对研究运动健将有兴趣，我遍览跟成功运动员有关的书籍，看他们的电影，想知道叫他们孜孜不懈的是什么。与足球或棒球等团体运动不一样的是，射击运动是单独的运动行为，因此我通常会把注意焦点放在活跃于个人运动赛场或个人运动项目有成的运动员身上，攀上珠穆朗玛峰的登山专家，他们的故事或电影就特别吸引我。

多年前，我读了魏斯图写的《登顶无捷径》。魏斯图是唯一登上全球十四座高峰的美国人。十四座高峰的高度全都超过八千米，世界屋脊珠穆朗玛峰是世界的最高点，达 8848.86 米。

我将我的射击事业比作攀登珠穆朗玛峰。没错，我从事的射击运动不像攀登珠穆朗玛峰那样冒着生命危险，但是这两项运动有着共同的特点，在个人层面上都标志着极大的奋斗，于

方蓁在湿冷的恶劣天气中比赛（2016 年）

身于心皆然。

攀向我个人的珠穆朗玛峰的确没有快捷方式。

我的珠穆朗玛峰在哪里？

我在比安奇杯比赛了二十年，获得过八次女子组冠军，也在比安奇杯尝到惨败的滋味。自 2010 年比安奇杯之后我就在走下坡路，那一年的比赛我的成绩非常差，有些人甚至心想我大概就此收山。我没有，次年我又回到那里，有些人见到我大为吃惊。

即使是我在女子组称后的那些年，我也从未感觉各方面都按我心所愿一一到位。比安奇杯共有四个项目（阶段）：行动射击、掩体射击、移动靶射击、翻板射击。有时四项当中有两项我得来不费功夫，有时是四项中有三项我手到擒来。我希望在某年的比安奇杯中四战四胜，项项告捷。

多年前在富勒靶场受训时与长谷一席谈之后，射击运动就成为我一生要攀登的珠穆朗玛峰。长谷谈到他如何发愤挑战自己往目标迈进——打个比方说，他总是先设定一座高峰，然后就设法心无旁顾地向高峰挺进，一旦到达高峰，他就放眼另一座更高的山峰。穿山越岭之际，他一次又一次增加攀爬的高度，要向最高的尖顶珠穆朗玛峰挺进。

生涯高峰人人不同。

你的人生高峰不见得要从运动员的挑战出发，也许在你的事业道路上有一座职业的高峰，也许在你的个人生活中有一座珠穆朗玛峰等待你去征服，只有到达那里之后你才最心满意足。

追求个人人生中的珠穆朗玛峰，秘诀在于你享受过程中出现的每一挑战与奋斗，过程中的享受有多大，到达高峰的快感就有多大。

这并不表示付出的努力和路上的艰辛尽都好玩。为射击这类个人运动需受的训练，通常都很煎熬，但知道一切的练习和准备有助于我更上层楼，心中便有种欢喜感油然而生。未来的奖赏完全属于个人的感受，无人可以从你手中夺走。

我很早以前就知道过程与达标同样令我陶醉。二十三岁嫁给家一前，我花了六个月的时间准备婚礼，我计划买什么小礼物酬宾，花了五十美金买衣料，自己亲手缝制礼服，不但缝制了婚纱礼服，还做了一件婚宴面客的礼服。

婚礼只是一天，而且过得很快，但六个月的婚礼准备过程分分秒秒我都快乐无比。

摸索射击的过程中，一路走来我也是这样滋味无穷。

长谷登顶前先着眼于小丘的一席谈话，在我去年参加比安奇杯时发挥了作用。2015 年 1 月与家人滑雪时，我左膝前十字韧带和内侧对位韧带断裂。虽然受伤，我还是决定要参加五个月后的比安奇杯。

我倾全力复健，养精蓄锐，结果我也达到了参加 2015 年比安奇杯的目标。我在两个项目中表现很好，但是在翻板射击中射走样了，十码外射击失误三次。移动靶射击我也失去了准头。不过，我到达了攀登珠穆朗玛峰进程中的一个山头，因为我迅速复原，参加了我最喜欢的比赛。我尽情发挥，射出自己当时情况下能射出的最好成绩。

很多人或许将我追寻人生巅峰与称霸比安奇杯混为一谈，但这并不是我的目标。许多年前，在射击生涯中，我是一度志在必得，但我并不喜欢它对我的影响，自此以后，我也再未怀着这样的心态去比赛。

我的珠穆朗玛峰是内心的奋斗，输赢无关紧要，要紧的是我是否能够达到自我要求。等我到达巅峰时，我知道它会带给我无比的成就感和快乐。然而我需切记：在攀登巅峰冒险过程中，跨出的每一步我都必须怡然自得。

2016 年 3 月

人生哪能不求人

我在靶场上独自一人时，感觉平静祥和。

当然，比赛时你是在跟射击选手较劲，在靶场练习时往往也会看到其他选手的身影，你绝不是在真空状态中独自一人，有些比赛场合你甚至是跟着团队一起比赛，然而射击运动的骨子里你只有你自己、你的枪和标靶。

这一点我喜欢。射击，对我来说，不是一般我可以跟朋友在靶场上边扯八卦边玩的等闲爱好。它是我全心投入的运动，且挑战我的身心。

不过在我走过的人生中，我发现人时不时都需要帮助，即使是极其个人的事也是如此。射击也不例外。我很幸运有很多师友一路提携我往前。

站在巨人肩上看得更远，我也需要找到射击圈的巨人做我的恩师。

我开始射击时对这项运动几乎一无所知。

欧阳是我第一位恩师，一直到今天他都是我的良师益友。仿佛是命运把我们牵在一起。

欧阳是钢盘挑战射击赛的巨擘，在这项竞赛中，速度、精准和运动体能缺一不可。

方蓁（右）与欧阳在钢盘挑战射击赛合影（2006年）

1991年我遇见欧阳时，已经完成若干枪械训练课程，但在射击运动圈子里还是个无名小卒。我刚刚立定心意要参加射击运动比赛，但是我需要方向。我买了一管比赛用枪，但是对自己使用这把枪的成绩表现不满意。

我跟在地靶场主人谈起自己的问题，他建议我去跟欧阳谈谈。靶场主人说，欧阳每周四都会来，他知道该怎么办。

那天是周三，欧阳本应次日才会到我的练靶场来，但是就在我准备转身离去时，他居然出现了。

我请教他自己的用枪问题，欧阳是个坦率的人，听完我的叙述后，他直截了当地问我："是枪的问题还是人的问题？"

次日，我在靶场跟欧阳见面，我用那把枪发射了两匣子弹。我成竹在胸，即使是老练有成的射击家在一旁观察我射击，也无惧色。我射击完了之后，欧阳也操作了那把枪，他判断问题出在枪，而不是出在人上，表示愿意替我找一把新枪。

我知道自己需要更往前进一步，我需要好器材，还需要好老师，我感觉欧阳是最理想的人选，是圆熟的职业老手。

只有一个问题，他告诉我他不收学生。

但我也不是轻易接受他人对我说不的人。我继续央求他，问他可不可以至少让我观察一次他如何练习。他软化了，我开始在靶场观察他如何操作枪支和射击。终于有一天他要我也带着枪来射击，不久之后，他成为我的老师，指导我。他告诉我当地有哪些专题讨论我应该加入，指点我哪些竞赛我应该去参加，有些比赛他甚至和我搭档参加。

他也成了我的朋友。

有时朋友会适时给你一句有用的话，或者做一个周到的动作，这些话或动作对对方有多大意义，当时他们自己可能并不知道。

对此，我个人几度有深刻的体验与经历，包括几年前我在密苏里州哥伦比亚市附近靶场为参加比安奇杯进行预训时腿摔伤而必须休养那次。

受伤后两个月，欧阳到我加州的家来探视我。他知道我如热锅上的蚂蚁，急着想恢复，不能练习让我坐立难安。我想参加次年 5 月的比安奇杯，我不顾一切想要早日康复。为了安抚我的焦虑，欧阳和外子家一在家中后院架起一个小型空气手枪练靶场。这当然跟在哥伦比亚市靶场的练习不尽相同，但是起码我可以让枪法不生疏。

欧阳也知道如何激励我。在传授我技艺的过程中，我若是抱怨，他就会问我：“你是要半途而废还是要继续学？”我从未半途而废，我的基因里没有半途而废的字眼。

欧阳是我长期的恩师，还有数不清的人也是我的老师，不管是同侪选手、制枪师还是靶场值星官，许多都在我的射击旅

方蓁（左）与福勒在钢盘挑战射击赛合影（2006 年）

方蓁（左）与永田在比安奇杯合影（2018 年）

程中，在诸多方面帮助过我。

我开始射击竞赛时最早并不是在比安奇杯，但是发现比安奇杯最适合我发挥自己在准确性方面的优势后，我联络普莱德，他住在南加州，曾是比安奇杯的冠军得主。他告诉我福勒这个人，以及福勒在加州马里波撒有训练靶场。

如果欧阳能够为钢盘挑战射击赛发言，那么比安奇杯四届冠军得主福勒便是比安奇杯精神的代言人。他的靶场设计完全仿照比安奇杯的各个阶段。

跟欧阳一样，福勒一开始告诉我他不收学生，但就像我前面提过的，我不轻易接受他人拒绝我，结果是就在 1997 年 2 月，我开着车到福勒的靶场进行我第一次比安奇杯的预训。

在福勒的靶场，我认识了日裔选手永田。我在福勒的靶场花很多的时间独训，往往也是最后一个离开靶场，把门锁上的人。

但是我一路都有人帮忙。我向永田展示我的技巧后，他同意跟我一起切磋琢磨。在福勒的靶场上，他和他的“子弟兵”教我各种与比安奇杯有关的事。他的每一个建议我都会尝试，对我管用的我都吸收保留下来，不适合我的就舍弃不用。

在我的比安奇杯竞赛生涯中，永田总是亦师亦友，我经常向他讨教和交换意见。

我 1997 年初次参加比安奇杯后，永田提议我前往酒会。我不是会在这类酒会中如鱼得水的人，但是他说服我前去。结果

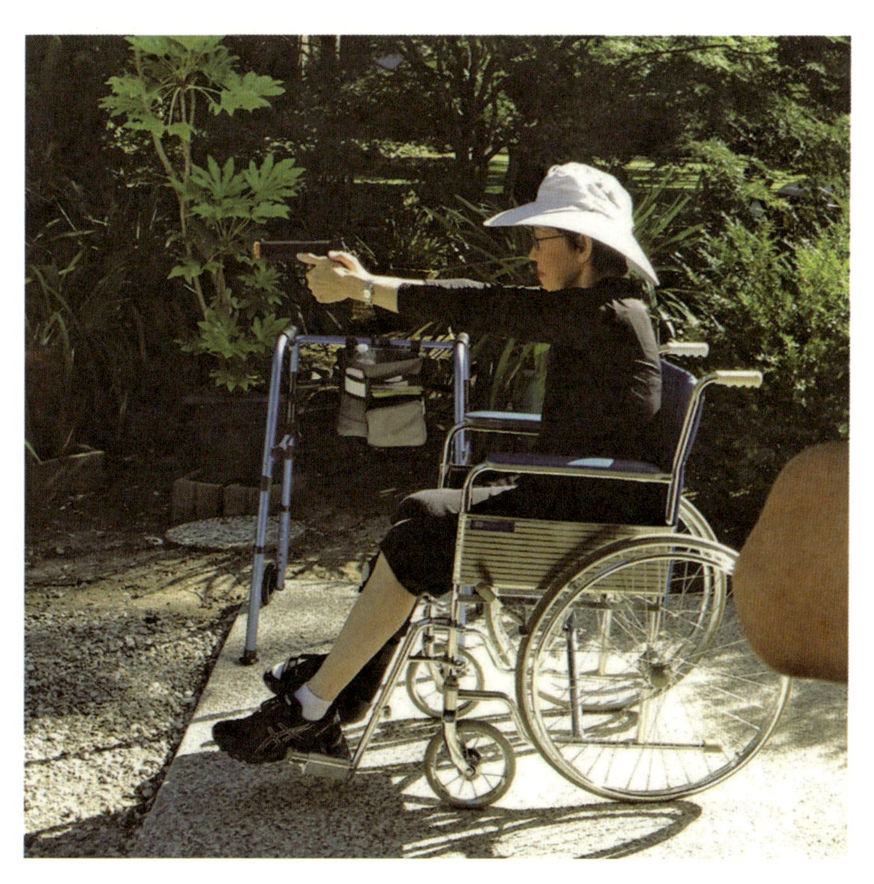

方蓁受伤疗养期间用空气手枪练习（2013 年）

在酒会中我才知我膺选为当年最佳新晋女选手，还得到现金奖励。我事后向永田致谢，对他深深一鞠躬，没有他，我不可能在那天得奖。同样的形容与感谢也可以用在欧阳、福勒和许许多多帮助过我、在我射击生涯中一路提携我的人身上。

我一开始从事这项运动时，人们告诉我射击选手无不争强好胜，但是我们也是一个共同体，彼此帮助非常重要。这话真是再真实不过了。运动本身的艰苦特质在我们之间建立起一种同志感情，我们需要彼此照应和帮助。

毕竟我们有时需要外来的帮助，如果我们不在他人需要时伸出援手，怎能期待别人帮助我们？

在靶场独自一人练习的特性我永不会改变，因为我在靶场的孤独中找到力量。但我也不会轻易放弃我一路得到的帮助和建议，没有这些忠言与益友，我也不会是今日之我。

在这项运动旅程中我体会到：若是一味单打独斗，永远达不到值得一去的地方；欲达目的地，求助他人，人人难免。

2017 年 1 月

切勿蹉跎

我听到很多人讲起他们"有朝一日"打算做些什么。然而，这个"有朝一日"往往永远不会来到，拖延到最后，机会之窗关上了，心头想做的事，也不了了之。

我不想错过我的"有朝一日"。

5月赛完我的第二十一次比安奇杯后，我决定退出射击比赛，原因也在此。

方蓁（右一）在射击、狩猎、户外贸易展中为购书的粉丝签名（2017 年）

方蓁在《洛杉矶时报》书展中展示著作《巾帼枪神——世界冠军之路》英文版（2018年）

2016年我年届七十，我开始考虑接下来还有什么人生目标。在我做出退休决定之前那一阵子，我并没有把全副精神投入任何一个目标——我要继续做一名一贯敏锐的神枪手，还是去宣传我2017年出版的新书《巾帼枪神——世界冠军之路》？我在两者之间摆荡犹豫。

我希望两方面都成功，但其实却两方面都没做好。我的注意力分散了，射击我未尽全力，也没好好写书。做事半吊子从来不是我的行事风格，没有道理长此把注意力分散在两头。

刚走上射击道路时，我从未想过要当一名冠军选手。我知道在比安奇杯和射击运动上，我的成绩远超过我的梦想，而且到了我这个年龄，要在我希望的水平上竞争变得日益困难。我们的身体有它的限度，衰老，谁也躲不掉。

但我仍有机会去有效地推广我的新书，我希望在我仍然有精力和健康时把握机会。

因此，我开始因应下一个挑战。

很像我在射击之初的情形，我没有任何营销背景。

对眼下如何向前，我并不指望易如反掌，我有太多的事要学。

我一向选择追求个人运动，原因之一是它适合我的个性。我不是人群中的磁石，因此，营销、宣传新书，诸如公开露面、在大众场合演讲，我自认不擅长。我必须中途去学如何做好这个工作，一如华裔的我在人已到中年、已是人母之际，才开始学射击。

纵然我已离开竞技射击，我知道我在比安奇杯的经验会帮助我迎接下一个挑战。

我总觉得比安奇杯很像人格训练学校。在整个训练过程中会遇到很多困难，要吃很多苦，比赛则测试你如何掌控紧张，如何因应竞争的压力。

赛完一场比赛时，你的自我感和自尊心可能伤痕累累，身体也像快崩溃。但是，你意识到你整个人还一息尚存，知道还可以承受下一个艰苦的挑战，比安奇杯没有让你垮掉。接下来就是反省、评估自己表现的时候，并计划如何在明年有好的成绩。

我对自己能从比安奇杯人格训练学校毕业心存感激，我准备让我学到的东西派上用场。

方蓁在中国上海书展留影（2019 年）

我知道在受伤后如何祛除自己的恐惧，克服障碍，把自己疗养到百分百好。我学会如何设定目标，以及不达目标绝不满足。

为了做一名有竞争力的射击选手，我逼自己走出舒适区。一名中年妇女开始在男性称霸的运动中闯荡，当然谈不上自在，在各种天候的长时间艰苦训练里，也没有任何舒适与安慰可言。竞技射击考验了我的身、心、灵。

营销我的自传也强迫我走出自己的舒适区。但我认为，明明知道这项挑战会考验我们的天然能力，我们却勇于接受，证明它难不倒我们，就是最大的奖赏。

我写书是要分享我此生所获得的智慧——不仅是从射击选手的角度，也是以一个饱尝个人艰困、必须学习如何硬着头皮往前走的移民女性身份。我希望人们知道，蒙受痛苦、心碎，不是世界末日，人生的去从正是看你如何应付逆境。我的人生故事关乎爱、背叛、信仰和宽恕，这是人人都可以感同身受的主题。我希望我的故事能告诉读者，无论经历什么困难，他们都不孤单。

如今书已出版，我希望为广传书中所含示的信息全力以赴。

以我的年纪看，我知道这可能是我人生计划中的最后一个项目，很多工作等着我去做，但是我对此非常期待与兴奋。

即使我的书不一炮而红，落幕时我也毫无遗憾。我知道自己尽了全力，未拖到“有朝一日”才起而行之。

2018 年 7 月

相信者事竟成

加州斯阔谷滑雪胜地在我两个女儿顾麟与顾麒的心目中占有特殊的一席之地，自小每逢冬天来临她们就会在那里滑雪，我们也一直都喜欢在那里举行家族聚会。

然而去年秋天他们到斯阔谷却不是为滑雪，而是另有目的。顾麟、顾麒与顾麒的男友、男友的连襟合组了一个四人小组，报名参加在加州太浩湖附近的斯阔谷举行的斯巴达世界锦标赛，在斯巴达野兽赛中考验自己。

方蓁爱女顾麟与顾麒（1978 年）

顾麟与顾麒赛完斯巴达野兽赛后在终点线振臂欢呼（2017 年）

斯巴达野兽赛是一种特殊的障碍赛，规定的赛程达 16.8 英里，过程中有近四十道障碍关卡。女儿那一队在十个半小时内完成比赛，她们估计自己走了近 20 英里。

顾麒与顾麟以前都没有参加过斯巴达野兽赛。这之前顾麟曾经尝试过泥泞障碍赛，但是后者的距离短，考验也不似前者那么激烈。顾麒参加过并赛完斯巴达短程赛，但斯巴达野兽赛规模更大。

两人这次参赛都是百尺竿头更进了一步。

顾麒招兵买马，把顾麟找来助阵。比赛日刚好是顾麒过生日那个周末。

等顾麟更清楚比赛内容、发现斯巴达野兽赛的挑战比泥泞障碍赛更艰巨时，她不禁自问要跳的不知是什么火坑，不过既然适逢妹妹生日，她绝不会在这天不捧妹妹的场，打退堂鼓。

顾麟事后说：“我不想弃自己的妹妹于不顾。她过生日，我知道我不参加她会失望。我坚持到底的主要原因在此。我不怕自己无法赛完，我只是不要让妹妹失望。”

对顾麒来说，自己的姐姐加入，比赛会更好玩。

顾麒说：“我总是想跟她在一起。我这个姐姐最酷了，我喜欢跟她在一起混。我想这是因为我是家中的老二，但跟她在一起也真是有趣味。她有责任感、风趣、聪明、有效率，总是兴致勃勃的，这种兴致具有感染性。我很喜欢跟我的姐姐一起做这事。”

顾麟喜欢从泥泞障碍赛中得到的经验。它对她有一点挑战性，但是比赛过程充满趣味，都是在她能力范围之内，不太费劲。她担心斯巴达野兽赛讲究的不是个人的成就，而是团队团结，不过进入竞赛后，她发现自己多虑了。

顾麟说：“气氛比我期待的更亲和。大家都是去比赛的，因此周遭都是志在必得的运动选手。但是即使是那种时刻，大家也不是什么都要争个你死我活的样子。我真是没料到这一点。我也没想到有很多像我这样的人去比赛，他们不是体能超好，但也绝非‘沙发马铃薯型’。”

赛程中的诸多障碍体阵是比赛的重点，选手也有机会在轮到自己尝试之前有一点喘息的机会。

若有障碍无法克服，就要受罚做“扑比”动作：迅速以伏地挺身姿态趴下，胸膛触地，然后立即起立，伸长双臂跳跃。

若干有竞争力的强队选手会分头应战，但是顾麟与顾麒那一队始终团结在一起跑完障碍赛，队里一人被罚做“扑比”动作时，另一人会立即补上去彼此帮忙。

顾麒说：“我认为始终团结在一起是建立团队精神的最好方式。”

有些障碍关卡鼓励大家发挥合作精神，顾麒与顾麟两人就利用一条绳索一起搬开一个沙袋。

顾麟说：“实在是太好的经验了。我们合作得实在是好。”

虽然斯巴达野兽赛有那样令人难忘的时刻，但这并不是说我的两个女儿和同队战友选手一直在欢呼的状态，顾麟和顾麒的体能随时随地都在受挑战，要把她们推到极限，两人都曾出现手脚抽筋的现象。

攀上红狗岭关卡那最后几英里，更是个大考验。

顾麟在这里运用了一个我用过的策略。她把大任务（完成竞赛）分成几个小段，告诉自己一次只要走五十步，每走五十步，她就停下来喘口气，然后把精神集中在下一个五十步上。

顾麒、顾麟与她们的队友一同完成了比赛，非常有成就感。

顾麒说："看自己能不能把自己推向一般人心目中的临界点，总是有无穷的趣味，你会一直尝试下去。只要一步一个脚印、一脚前一脚后地走，能走得远比自己所想的远。"

这场比赛加强了顾麟希望可以灌输给她女儿的一种信念：起心动念后，便没有不去尝试的理由，可能会失败，但这并不表示你不应尝试。

而真的一旦去尝试，成就可能会连自己都大吃一惊。

或者就像顾麟事后说的："相信者事竟成。"

2017 年 12 月

学习永不嫌老

我又做了一次大学生。

是的，七十一岁时，我又回到学校。

这学期，我在加州红木市小区大学修习了一门“数位图像入门”的课程，每周上两堂课，一堂七十五分钟。

小儿顾龙协助我拿到学号，替我注册并选好课。我想我之所以有兴趣选这门课，要归功于他。

几年前，顾龙决定帮我买一台计算机，他问我要什么款型，因为自己对视觉艺术的兴趣，我告诉他我要的计算机最好有两个屏幕。

结果顾龙替我安装了一台高品质的计算机和双屏幕，

方蓁准备去上数码平面设计课（2019 年）

方秦为建立新网站而忙碌（2020年）

但接下来的几年里我大抵只是使用计算机的基本功能。我不知如何拿它来做其他的事，也没时间去学怎么用，因为我必须对射击训练和比赛全力以赴。

我2018年后便不再参加比安奇杯，退休后几个月，儿子问我打不打算好好利用计算机该有的用途。

我在大学主修的是艺术，我是用右脑的人，有艺术家的眼光，一件事物看起来应该是什么样子，我清楚。不过科技的进展叫我感觉追赶吃力，每次我需要一个平面图像、插画或是设计，就得去找女儿使用Photoshop帮忙。

儿子的话我思忖了几个礼拜，最后我下定决心——是自己学Photoshop的时候了。

表面上，对我这种年纪、计算机技术又不太灵光的人来说，学 Photoshop 看起来可能是艰巨的工程，但是多年从事射击比赛的经验告诉我，我绝不至于老朽到不能学新东西。

许多射击选手从年轻时就开始玩枪，而且从事射击运动较早，我则不然。

我四十一岁在狄安萨社区大学上课学习枪法，这之前从来没有碰过射击，到了年近五十岁我才对射击比赛认真起来。借着不断苦练，我不仅学会射击，在一段时间里我也成了全球女性行动手枪竞赛成绩数一数二的选手。

射击我都学得会，这个应该也难不倒我。

无论保养枪支还是追求创意，方蓁都相信“工欲善其事，必先利其器”

第一堂课，儿子提议开车送我去，但我告诉他我想自己一个人去。我应付得了，毕竟，我为了比赛走遍世界——新西兰、德国等，因此我自认应该找得到大学的教室。

过程中有几个小意外。我停车停错了地方，后来请教一位教授知晓怎样才能开到停车大楼去，但是无论如何我找到教室了。

到目前为止我是班上年纪最大的学生，大多数学生是念大学的年龄。

对年轻人来说，玩计算机就跟喝白开水一样简单，常人都会。

但对我来说并非如此。

中国有句俗语：“对牛弹琴。”这就是我第一堂课的写照，我就是那头牛，老师的每一句话我都犹如鸭子听雷。

不过我并不觉得被打败了。

我在校园里逗留了几小时，温习课堂上老师所讲的，翻看书页。这后来变成了惯例，下课后我总会留在校园里温习老师教过的功课。

我也会找人帮忙。

第一堂课下课，我回家之后，儿子帮我补习了三小时。上课后的第一周，我去看小女儿顾麒，一个接一个地问她问题。她告诉我，如果我看书，一定学得会，她就是这么学会的。我听了信心大增。

那天之后，我心里知道：我可以的。我可能必须比其他一般学生更努力，花更多的时间，但一小时接一小时反复磨炼技巧，我在靶场上早已习以为常。

这门课有助于填补我从射击场上退下来后的时间，但这不是我唯一的动机，绝对不是，我不是以打发时间了事的人。

我总是需要一个可以完成的目标和期限，好让我有前进的方向。

因此我立定目标：修完必要课程，拿到大学数位图平面设计证书，然后做一项事业，以优惠价格提供设计服务，协助需要广告与营销的中小企业的业主。

我知道要做出我需要的平面图像设计难度有多高，对小型企业来说可能所费不赀，这会是我一个回馈商界的机会。

外子家一与我对学习新事物会彼此打气。家一开飞机有几十年的资历，飞的是单引擎双座赛斯纳型小飞机，现在他也有一架LSA 轻型运动飞机，最近还开着新飞机到拉斯维加斯试身手。

因为开飞机，家一认识了电子技师厄尼。

厄尼退休前毫无修理飞机或飞行的经验。他七十多岁时考取飞行教官，也取得飞机机械师执照。周末他负责培训机师的地面课程，闲暇时，他为家一的飞机做机械维修保养。如今厄尼已八十高龄，10 月他还去受训，以取得修理飞机引擎的证照。

厄尼从未停下学习的脚步，我是有为者亦若是。

上过几堂大学的影像课程后，希望我就是操琴的琴师，而不是那头笨牛。

2018 年 10 月

大学不只是一张文凭

高中毕业后，我进入旧金山州立大学。当时，我想我并不知道我人生未来这四年的岁月是多么珍贵。我去念大学，无非就是因为朋友们都去念大学，念大学似乎是高中之后顺理成章的一步。

如今在拿到学士学位五十年之后，我又重新回到一所社区大学，这学期修了一门数位影像入门的课。重回学校，提醒了我大学岁月的收获——尽管当时自己或许浑然不察。

我从旧金山州立大学毕业时，得到的不只是一纸文凭而已，它还教会我面对人生。

若去问任何一个女孩子为什么要念大学，她可能回答："念大学才能拿学位呀，有了文凭才能找到工作。"

大学的确能帮助我们了此心愿，但是从大学的经验中，还有人生许多其他方面的东西我们可以汲取与了解。

在大学，你磨炼耐心，养成敬业态度，建立人脉，也开阔视野。

大学课程不但助我度过人生挑战，也形塑了我的射击事业。

念大学的好处并非一蹴可就，必须念几年书才拿得到学位。拿学位之前，还必须修习一些你不见得有兴趣的科目，而研究计划与专题报告有时费时数月才能写就。

这一切教的都是耐心与专一，学习的满足感并非立马可见。

了解这一点，非常有益于我的射击事业。射击进步非一夜之间就大功告成，只有经过数月的练习我才会看见技巧上的精进。

念大学的那几年，也非认真不可。学生必须专心一意、脚踏实地，有些学生身挑数职，得兼顾学业、工作与课外活动。

对吃苦，我从不推诿。射击生涯中，我始终认为自己可能不是天赋异禀，技巧非与生俱来，但我的努力可能超越任何人。敬业的态度也在其他方面助我一臂之力——帮助外子家一打拼事业，扮演贤妻良母的角色，我都绝不含糊其事。

大学教人如何思考。人生的问题与意外五花八门，许多年轻人不了解日后可能要面对的种种吃苦情形。我们都会遇到一些情况，必须不断思考、摸索才能度过，而在大学里，你就得学习思考如何解决问题。首次独立过生活，也必须摸索着往前。

你还会接触到各式各样观点不同的人，你必须学习如何与这样的人互动与共事。等进入职场，十之八九，同事不是个个与你想法一致，但其实这也不是一件坏事。

接触背景不同、看法不同、信仰不同的人，可以开阔我们的视野。他们的梦想、视角与看法让你耳濡目染，你可能从他们身上学到东西。也许你不是全然赞同他们的观点，但是接触不同的看法，有助于你做出更好、更周全的决定。

今天太多的信息流通发生在互联网上。这有它的好处，就是跟远方的人联络比以前更方便。不过我仍相信面对面的沟通有其价值。在大学里，就可以有这些互动。学生必须学习如何与教授、同学沟通，也可以通过观察吸收知识、信息。

我的家庭教育与许多华裔不同，父母并不苛求我的学业成绩，并不要求我成绩都拿甲等或是一定要上大学。

我十二岁移民美国时英文一窍不通，几年来我都靠自己的美劳与数学能力拉抬自己的学业表现。

我也不坚持我的三个子女都要有大学文凭，但是还好他们都不排斥大学教育，而且都从大学毕业了。

我不记得自己念大学时天天乐在其中，但是现在却非常喜欢上大学的时光。我沉浸在作业里，我可能会坐在桌前一个钟头，思考如何做作业，结果晃眼之间，我再抬头看钟，三个钟头已经过去了。

上大学时有些课程深得我心，例如物理、天文和艺术。很多科目我觉得无聊，不知如何去理解与欣赏，当年少了我如今在校园中所怀抱的新奇感与启发感。

那时，我大致是想按部就班地按我的计划来行事。我已经规划好如何度过我的大学岁月——为了如期在四年后毕业，每学期我知道要修几门课，一共多少钟点。我心目中的人生要怎么走，我心里也有个谱——毕业后我工作几年，工作之余我要环游世界，接下来我也许在二十七八岁结婚。

当然我的人生剧本不是这样演出的。我毕业六个月后就嫁给顾家一，然后人生的各种戏码情节就纷至沓来，不断上演。有些挑战难应付，但我们两人既然都受过大学教育，我知道我们可以迎战及如何更好地面对。

大学教育是一项投资，它要了你人生四年的时间，花了你很多钱。但你投资的是你的未来，而以一生的长度来看，四年并不是那么长的时间。

大学岁月提供了一个机会，让你了解自己想做什么，发现真正的自我，或者是在大学期间遇见一生好友或伴侣。

进入大学门内就像身在天堂，你被保护，不受外界干扰，一旦离开校园，人生挑战即无法回避。在大学门内度过的那四年，让你不至手无寸铁，有了迎战的配备，应付更能裕如。

2018 年 11 月

老枪手新把戏

赛完2018年比安奇杯，从射击竞技退休后，我知道自己需要找方法让自己能够体态不走样、脑筋不退化。

我不能漠视自己年老的事实，今年圣诞节我就年届七十三岁了。然而，我们可以采取行动来让自己的身心状况不退化。学新东西，就是一个极好的方法。学习新事物会刺激你的脑子，活动若属于体能性质，就会鼓励你保持身材。

就是因为有此想法，我今年初开始上霰弹枪射击课程。

9月，我在德州的圣安东尼女性领袖论坛高峰会报名参加霰弹枪课程。我希望提前练习，而知道高峰会的课程快要开课，让我更有动力去磨炼技巧。

你或许认为我既然是比安奇杯女子组八届冠军，霰弹枪射击也应得心应手。然而情况不然。手枪射击与霰弹枪射击之不同就像苹果和橘子，是两码事。

结果我从一个领域的专家变成另一个领域的新手，一切都要从头学起。

这一点都不困扰我，毕竟我学习射击霰弹枪的目标不是要当上全世界一流的霰弹枪射手。退休了，我也就从此告别比赛生涯。如今我的目的是挑战自己，而要挑战自己，选一个不是我已经擅长的活动项目，还有什么比从此下手更好？

方蓁学习用霰弹枪进行泥鸽、定向与不定向射击（2019 年）

我不怕在自己感到自在安适范围以外的领域里活动。我们一生学习的技巧不见得都在我们的优先名单之列，例如我不喜欢下水，但是我仍然去学习驾驭风帆和滑水，因为我有学这些运动的机会。我珍惜这些机会，绝不想让机会平白溜掉。我相信一生之中学到的每一样技巧，都是我日后成为手枪射击运动冠军的推手。

方蓁学习用霰弹枪进行泥鸽、定向与不定向射击（2019 年）

我第一次到加州摩根山的郊狼谷泥鸽靶场上第一堂霰弹枪课时，我甚至连持枪都不会。我的教练要我用布朗宁二十口径双管霰弹枪。这是一款轻型霰弹枪，适合我的轻瘦体型。

女教练教我如何架枪，但是我不太能摸得到肩窝在哪里。整个学习过程跟手枪射击大不相同，非但不是像使用手枪一样要把枪拿得离身体远远的，反而是要知道如何用身子顶住霰弹枪。几十年来我只用手枪射击，习惯两手握枪，如今要我把腮帮子靠在枪把上，有点困难。

霰弹枪教练要我把过去二十多年学会的手枪射击技术全部忘掉。那一刻我明白，要学会新运动对我是个挑战，但是目前我还是执意要把它学会，毕竟不定向射靶是我年近三十岁时就一直想学的。

在手枪项目竞赛中，我用光学瞄准器，通过它瞄准目标。而霰弹枪射击，你的视线要越过枪膛看目标——泥鸽。扣扳机的动作也跟比安奇杯之类的手枪射击不同。

因此，上第一堂霰弹枪射击课，我感觉自己像个学步的小孩，摸索着如何跨出第一步。

人们若在靶场以外的地方看到我，绝对想不到我是一名射击选手。然而我在靶场上最感到龙归大海的自在，我喜欢独自练枪，在参加比安奇杯二十多年的时间里，始终如此。我总是情不自禁地走向个人运动，我自自在在穿着牛仔裤、排汗衫和登山鞋，对在靶场上搞得一身是汗、脏兮兮，也不以为意。

因此，尽管换跑道到霰弹枪射击，我也没有陌生感，射击环境是叫我越挫越勇的地方，感觉就像受到老朋友的欢迎。

我一生学过几项运动——骑马、驾驭风帆、滑水与滑雪等，不是因为我有运动细胞，而是因为我毅力过人。我是一个会完全投入的学习者，坚持到底，不达目标不罢休。

上完我人生的第一堂霰弹枪课程，我把女婿的霰弹枪放在床下，白天我会拿出来练习持枪，也会练习瞄准枪管之外的射击目标。

虽然我已经退休，不再比赛，却未放弃手枪射击。有时在记者要求下，我会在我射靶的地方接受采访。我明白技巧不进则退，因此我也借着去靶场，在四十码外射击汽水、可乐罐头来保持枪法的准头。

我把可乐罐装满水，子弹打到它的那一刻，罐头会弹跳、爆开。在场的记者目睹这一幕，视觉效果极佳。

我学习霰弹枪射击的目标究竟何在？我深知，若是持之以恒，几年后，我的枪法可能可以精进到近乎每发必中的境界。

方蓁学习用霰弹枪进行泥鸽、定向与不定向射击（2019 年）

有天我到霰弹枪靶场去，看见一名八十六岁的老人跟他的儿子一同射击，这叫我大开眼界。这个画面告诉我，霰弹枪射击可以是件我会喜欢上很多年的事，我也不见得要像我在手枪射击上的成就一样当上霰弹枪冠军，我无意于此。

看见泥鸽靶在被击中那一瞬间爆裂的画面，那种满足感令人欣喜。等我到了八十岁，也许我的霰弹枪枪法会变得高超。

但是我的目标基本上是继续学习，不断挑战自我。缺乏挑战、没有考验、手上无事，我便不是最优秀版本的顾方蓁。冲破极限、拥抱挑战，我才活得最精彩。我专心于此，也以此常保身心敏锐。

2019 年 10 月

射击挽救我的人生

二十多年前，我跌入人生谷底。

我突遭巨变，价值观为之摇动。我的人生信念原建立在若干特定的原则上，如今这项个人危机撼动了我的信念，我对世界的看法也跟着摇摇欲坠了。

我感觉一股强大的爆炸力当头袭来，力道大到足以摧毁我和我周边所有的人。幸而射击运动救了我，它给了我一个暂时的避难所，让我在时间的洗礼下重新在人生中站稳，并疗愈伤口。

射击运动让我再度有一个拥有美丽人生的机会。

我深度介入比赛性射击运动，不是因为发生了这场危机。危机出现之前，我就在狄安萨社区大学上枪械课。因为我不想一直对枪械有畏惧感，希望可以学会如何安全地使用枪械。

我在 1992 年开始参加钢盘挑战射击赛，我的人生巨变是在次年发生。

方蓁赛前静坐收心（2008 年）

方蓁赛前静心（2008年）

当地毯骤然抽离我脚下时，竞技性射击运动帮我恢复站稳阵脚，因为竞赛过程中的训练与比赛占据了我所有的力气和注意力。

因此，当我发现自己掉入黑暗的深渊时，我也在这项运动里找到了庇护，得到暂时的平静。

射击对我有疗伤作用。其他项目的运动或活动或也可以挽救我，疗伤的工具很可能会是网球拍——在它里面找到安慰，而不是在手枪上头。但是我没学过网球，我懂得如何用枪。

我四十一岁开始上射击课，四十七岁开始对它认真。从那时起我便决心全心投入，致力成为个中翘楚。年近五十岁时，我获得人生第一场大胜利，在美国手枪射击大赛中获得女子组的最高荣誉。这完全出乎我的意料！

当时，我表面上一切如常，把我内心里要毁了我的那股破坏力隐藏起来。然而内心深处我一塌糊涂，感觉自己是行尸走肉，仿佛是一个没有灵魂的空洞躯壳，不断被临头的痛苦啃噬。

然而，纵然危机好像让我感觉命在旦夕，我却通过竞技射击为自己重建了一个世界，用运动跟内心的恶势力角力，保住了性命。

这项运动需要高度付出，我也把全副的精神倾倒其中。要在比赛中有好的表现，赛前选手必须全神贯注。游刃在射击运动中我非常满足，我把所有的努力都放在练习、检查比赛器材正确无误上，事前也把每一个细节计划好，以应付赛程中任何一个环节可能发生的状况。

而且我也不是独自一人面对我的危机。

我来自一个认为家丑不外扬、好汉打落牙要和血吞、有事不需求人的文化背景。有一些文化也是这样。但正面力量的治疗确实可以帮助一个人面对他自己无法独自承受的危机，我就是一个活生生的例子。在两年的艰难处境里，我定期去看心理医生，若是情况紧急，我可以随时打电话给她，她会马上替我看诊。我知道，起码在意识到自己需要帮助上，自己是幸运的。我的心理医生及时拉了我一把，让我更快地渡过难关，恢复得更好。除了心理咨询治疗外，我建立起祷告的习惯。

要不是我遭遇危机，我有生之年绝对不会参加射击比赛。在我参加完自己的第一次钢盘挑战射击赛后，我其实就不打算继续比赛了。我向指导过我的射击专家欧阳致谢，特地邀请他的父母去看戏，以表示谢意。

其后不久，我在狄安萨社区大学的枪械指导老师吉姆问我愿不愿意为他的警校学生做示范。他认为让一群菜鸟学生看看一个平凡无奇的亚裔中年妇女居然可以射得这么好，他们就会明白绝对不要以貌取人。

做过示范后不久，欧阳又找我去参加下一年度的钢盘挑战射击赛。我在这个讲究速度的比赛里闯荡了十年。后来转到比安奇杯，1997 年首次在比安奇杯中初试身手。

在此过程中，我必须不断地一次又一次面对危机，一次又一次跌倒了再爬起来。这花了我十年的时间，但是，我总算在射击运动的帮助下从深渊中爬出来了。

爬出深渊时，我有如脱胎换骨。我对自己更有信心，我更有自尊，也更能自立自强。我待人接物更有悲悯之心，也能够心平气和与天地共存。

在射击界里，许多同行都说我是个谜。从很多方面看来，我的确如此，在一个本不属于我的圈子里冒出来。

虽然我看似误闯射击运动，但我不认为这是一个巧合。

我一度以为我的命会因这场大难而短少五年，然而遭逢危机一年半后，我明白，从长远来看，我反倒因祸得福。危机点燃了我内心的潜能，把我带到人生中一个完全不同的境地。当时我并不知道我可以走多远，自己可以成长到什么程度，但如今回首，对这一记警钟，我感激不尽。

每一朵乌云都镶有金边，福祸总是相倚，云朵越黑暗，金边越明亮。我们只有保持耐心，等到黑暗过去，自然大放光明。

2015 年 12 月

设定小目标　成就大事情

二十五码走起来不远——当然除非你断了腿。

这就是我 2013 年 4 月里某一天的境遇。我独自在密苏里州哥伦比亚市附近的一个靶场为参加比安奇杯做预训。那是一个又湿又冷的下午，我只需再清理一下就可以走回车子，开回旅馆。

在我去垃圾桶倒垃圾的路上，鞋靴的一角被一根绳子绊住，我摔倒了，右腿一阵刺痛。我检查伤处后，心知不妙：我的腿断了。

靶场上没有其他人，无人可以求助。最近的路在七十五码之外，那样的天气，看样子碎石子路上也不会有什么来往的车辆，呼叫也没有用。在湿冷的地上过夜，等待明早有人来解围，不是什么好办法，尤其是我不知道自己的伤势有多严重，不立即检查、治疗的话，不知会不会造成进一步伤害。

我的最后依靠是我的手机。手机锁在我的休旅车里，车在二十五码之外。

我是一个目标导向的人，目标让我有动力，让我的脑子和我对一件事情的努力不至于摇摆。在我的射击生涯中，我经常设定目标，对我的个人计划也是如此。

不过我也发现，如能把全盘大目标分成小一点的、过程中比较易达到的目标，达成大目标的难度也就相对减少。我把这些小目标叫作终点前的检查站。

那一天，躺在地上，估量自己的处境后，我设定了自己当时的目标：我需要行动二十五码，到我的车子那里，好用手机呼救。由当时的情形看来，这似乎难如登天。我的断腿无用地躺在一边，只要稍稍动一下，整条腿就疼痛不堪。

因此，我把回到停车场的大工程分成几个小目标。我注意到我摔倒的地方和我停放的休旅车之间有三块石头，这三块石头所在之处就是我的检查站。

这个做法跟我五十二年前用过的一个方法近似。五十二年前我开始学俯冲滑雪，我的目标是冲下坡。若一眼看到的是整个下滑的山坡，我会吓得动弹不得。因此我总是把焦点放在雪橇前的三英尺，这样的距离似乎不难办到。

我躺向左侧，拖着身躯在地上往前爬，一直爬到第一块石头。然后我再鼓起力气，继续爬向第二块石头，然后又向下一块爬去。就这样，终于爬到了停车场。我用尽力气爬上车，打电话给 911，等待救援。

在断腿的情况下爬回停车场，也许是我利用小目标达成大目标的最大的壮举，但绝不是唯一的一次用这种技巧来自助。

我初学射击时，在狄安萨社区大学报名初级班，班上有二十二名学生，我的目标是做一名好学生。当时对射击一无所知，我心知达标会是很长一段过程。于是我很快就订出一个小一点的易攻目标。从一开始我就枪法准确，我挑战自己成为班上的最佳女选手。这一点不难做到——班上二十二名同学中，只有三名女性。三个月后，我达成了。

我还想再进步。二度上完初级班后，我在中级班注了册，接着又晋升到高级班，我挑战自己成为班上的最佳射手。

在射击道路上精益求精，这个目标比上一个难达到。高级班上有经验的射击好手比初级班多，而且我是跟班上所有的人较劲，不只是女性而已。

然而，我没感到吃不消，完成一小步后，我把自己再推向下一步，我要达到自己设定的目标。

目标就像种子一样在我脑中生根发芽。

目标不断把我向前推。我花了一年半的时间，一路行来花了不知多少小时练习，但我最终成了班上的最佳射手。

又到了设定新目标的时候。当时我四十三岁，我对自己说：五十岁生日之前，看看自己能在射击运动的世界中走多远。这一点心愿不断推动我往前，一直到今天我所在的地方。

把目标分成几道检查站，对我疗养腿伤也很有用。我的整体目标是在次年春天回到比安奇杯比赛，从受伤、手术后到比赛有一年多的时间。我全力以赴认真疗伤，要圆赴赛的梦。

我设定了一道有趣的检查站，让自己有动力。受伤后六个月，北卡罗来纳州的亚许维尔有一场美国步枪协会女性领袖论坛。因为这项年度论坛跟我的射击赛撞期，往年我是无法参加的，但此刻反正在疗伤，我想今年能够出席也不错。而且我加码处理，告诉自己：不但要亲赴盛会，还要踩着高跟鞋前往。

要从腿伤中复原，我需要严格进行体能训练、合理的膳食计划和充分休息，但是我意志坚定，从未动摇，因为我心中有要达成的目标。

我穿着高跟鞋出席领袖论坛，而 2014 年 5 月，我也回到我受伤的现场热身，参加比安奇杯。

人人都有想完成的事业或个人生活目标。有些目标唾手可得——这当然很不错，有些目标则看似难如登天。在考虑这样的目标时，切勿轻言放弃，不妨试试将大化小，把大目标分成一小段一小段的检查站。这些小检查站有助于你在全程中找到动力，可能在不知不觉间，看似需要很久的过程你便走完了。

2017 年 2 月

正视恐惧——通常它没那么可怕

二十多年前，外子家一与我参加了一项自我提升的研讨会，当时可能有一百人在场，主事者要我们一一站起来说出自己心中惧怕的事情。

说来有趣，我惧怕的事情正是站起来对满屋子的人说话。

一个接一个的，大家都举手自我表白了。我观察每个人讲话时是怎样应对的，以及他们的表达方式，也决定要强迫自己站起来说话。

结果呢，还过得去。

方蓁（右二）在美国步枪协会于印第安纳波利斯举行的年会上接受表彰（2019 年）

我常说，人应该逼自己走出安全舒适区，正视自己惧怕的事情，勇于迎接挑战。我既然这样说，就应当这样做。

近来我常常身体力行的就是这一点。

今年 4 月，在美国步枪协会于印第安纳波利斯举行的年会上，协会执行长纳皮耶要我和一些人上台接受表彰。之后，主办单位希望我在年会的寒暄活动中跟同好交谈与互动。6 月底，在美国步枪协会的《一射钟情》节目中，我以射击导师的身份接受采访。这个节目的主旨与重点是介绍射击休闲运动或职业射击比赛中的女性新秀，每一集都是特别制作，用以教育女性如何射击与提倡女子射击运动。

这些事没有一样是我习以为常的。

我一生受个人运动吸引是有原因的：个人运动适合我的个性，个人运动所带给我的内在奋斗合乎我的口味。

当然，这些年来我也从与其他射击选手的互动中获益良多，但是我感到我当学生比当老师自在多了。

我早就清楚自己这一点脾性。

三十多岁时，家一与我在新加坡住过一段时间，他服务的公司把我们派到那里。

我希望做些事来打发时间，因此我在新加坡南洋艺术学院找到一份教职。我在大学主修艺术，新加坡的两种官方语言英语与中国普通话我都能说，因此学校给了我这份工作，当时我并不知道教书并不适合我。

我教了三个月，对学生是倾囊相授。三个月之后，我感觉气力用尽，好像只剩下躯壳，我不知怎样继续充电。

方蓁（中）在美国步枪协会年会中与年轻女射手合影（2019 年）

试教三个月后，学校的董事会正式聘用我，要我担任绘图讲师。我婉拒了，我感觉自己的内在空洞无物，没有可传授的东西。

然而随着年龄的增长，我的视野在开阔，观点在优化，经验和智慧与日俱增。

现在我既然受邀在射击圈子里担任使节与导师的角色，我就挑战自己，视此为机会。

扮演这个角色，我还是没有感觉到全然如鱼得水、轻松自在，但是在那场与家一一同参加的自我提升研讨会中我学到：你所害怕的很少真的那么可怕。

在步枪协会的活动中要我以导师的身份讲话，可能是因为筹办单位相信我有一些想法或智慧，可以提供给其他射手做参考，特别是年轻一代的射手。

我知道在射击运动圈子里，女射手之间彼此帮助是何等重要。我给其他女射手的哪怕只是一点点小小的正面影响，如果能鼓励她们勇于走出自己的安全舒适区，便是有意义的。

在年会的寒暄活动中，我开口讲话后，不自在的感觉就不翼而飞了。很多女性驻足聆听我的心得，从她们的眼神中，我看得出来她们是全神贯注、津津有味的。我的话匣子因此也就打开了。

我分享的是，若要成功，两件事非常重要，是钱买不到的：第一，你必须相信危机或障碍必能克服，也许结果不是立竿见影马到成功，但抱持正确的思维与志在必得的心理，困难必除；第二，相信自己能便能，人生在世便没有难成的事，只要立定目标，秉持信心努力，心愿必达。

我的观众听得兴致高昂，许多年轻的射手要求与我合照。我心中暗想：怎么会有人要与我合照？但我乐得顺从其意。

我的射击生涯何其幸运，有欧阳、福勒与永田等人做我的授业恩师。

我是个勤快的人，我倾听，我做必要的基本功课，我发奋练习。

这些特质都让我成为一个好学生。

如今风水轮流转，轮到我被要求做指导老师，而我本以为传道授业是一种天赋，这种天赋恰好又是我不具备的。

尽管如此，我希望自己始终是有用的人，即使如今已经七十二岁了，也从射击比赛场上退休了。轮到该我做授业师与大使了，我推诿不得。

在压力和截止期限罩顶之下，我是越加活力充沛、斗志昂扬。我需要找事情忙碌，需要保持兴趣，需要有努力的方向与目标。

最重要的是，我绝不要做屈服于心中畏惧的人。人生已经教会我：挺起腰杆面对，心中一片悠然自得。

2019 年 5 月

人生可以自己创造

你想要有怎样的人生？人生目标是什么？什么能令你快乐？

这些问题，你可曾想过？

你应该想一想，因为你能让梦想成真。

我们无须画地自限，我们能够突破自己所以为的有限格局。

这一点，我花了很长一段时间才领悟。我不认为唯独我如此，这个观点对大多数人来说都不易接受。

在大部分人的心目中，现实人生是怎么样就怎么样吧，逆来顺受容易多了。

然而随着年事渐增，我们人生的百宝箱中智慧愈多。因为年纪渐长，我也明白了我想要的一切事物其实都可以拥有。

不过，这并不表示所求所想会白白地奉送上门，天下没有免费的午餐。

在正确的态度、信念与敬业精神之下，人生是不设限的。

多年前我曾经历个人的人生危机，有椎心泣血之痛。为了自救，我把自己埋在十六个月的自助课程中。而三项加强这项信念的自助教学材料让我发现，我们可以超越自己所以为的，可以成就的更多更大。

这三项材料是：纪录片《我们知道啥》、拜恩的《秘密》、江本胜的《生命的答案，水知道》。

我们多认为一生命运早已注定，但《我们知道啥》这部纪录片推翻了这个观点。它告诉我们当我们改变思考模式时，我们的选择也相对改变；我们改变选择时，我们也改变了我们的生活。

当然这知易行难。人在生活大乱时，往往也会放弃希望，回到让自己感到最安全的做事方式，依恋旧的生活方式，不愿丢弃。

然而，我们若认真汲取知识与经验，我们就能训练大脑以不同的眼光与角度来看事情。我们会明白人有极大的潜力，可以破除动不动就落入的行为窠臼。

这部纪录片提醒世人，我们必须摆脱与世隔离的观念，我们可能以为自己对这个地球毫无影响，但事实并非如此。

你我皆是未来的共同创造者，人皆有份，皆须尽其在我，以一己之力为世人创造更好的未来。

《秘密》一书的重点在于你如何认识和形塑你的生活。

人可以从落败者的心态出发做事，也可以从胜利者的思维角度操盘人生。怀着自己是受害人心态的人认为自己一生都陷在不顺遂的环境里，自己完全无计可施；胜利者思维则认为，我们的环境与情形是自己造成的，需要自己负责，我们若是不喜欢自己的处境，可以设法改变。

《秘密》的中心思想是“吸引力法则”。它基本上说的是：此刻无论你是哪一种人生处境，肇因是你的想法和思绪；换句话说，相由心生——支配我们头脑的东西创造出这个现实。

问题是：人们总是去想他们不要的东西，而不是去想他们该做的事，比如我们总是想到生病，想到条件不够或是工作表现欠佳。

其实我们更应想到的是保持身强体壮、成功与富足，正面思考产生的是正面的人生。

世界最有成就的人都知道并了解这个所谓的秘密。

我们的今日，是我们过去的思维与行动的反照。因此，停止抱怨吧，因为造成你此刻现实生活情形的是你自己——唯独你自己。

我们都有力量创造完美人生，若加强信念，我们能够做的没有止境。

这部书强调人生过程中达到人生所求有三个步骤：求、信、领受。

问问自己：我要什么？什么能够创造出理想的人生？

接下来要相信这就会是你未来的人生。相信自己，不要被忧虑压垮，要相信所求的终会来到自己的生命里。

最后，要准备好领受，让自己知道所求的就会来到。这并不代表自己只要坐享其成就好，而是要积极主动朝自己希望的去做，但是不要心急或气馁，心急或气馁会让进展脱轨。

江本胜是日本作家、学者，他出版了一套数册《生命的答案，水知道》。他发现负面的字眼、照片或音乐对结晶水有负面影响，而佳言美语、积极正面的照片与音乐可以让水在显微镜下展现出美丽的形状，变得极为澄澈。

由于我们的身体多由水构成，江本胜的研究显示，我们若用负面的想法填满我们的心思与身体，会带来伤害，而我们整个人若都是正面的思维，就有益处。

一切都是可为的，但是因为我们的教养、环境、所在社会，以及来自同侪的压力与所面对的各种困局，往往让我们无法发挥所有潜力。我们的一生有着无限可能，但是只有自己了解、相信并去追寻时，这些无穷尽的可能性才能实现。

若有所意会，把握却只有六成，还是义无反顾地去做吧！与其什么都不做，不如放手一搏。若是不然，等到自己百分之百笃定时，机会早已过去，要不然就是其他人已经捷足先登，做到你计划做的事。

有时可能勇于尝试却摔跤了，然而这就是人生，要站起来，从错误中学习，要越挫越勇，一试再试。人生是一场博弈，不要停手，要战到最后一刻，且要相信自己终会胜出。

2018 年 12 月

第三部
拥抱自我

人生有试炼，也许是必修的功课。

我在没有宗教背景的家庭长大，我一生多半的时间里，宗教也未曾扮演什么重要角色。只是，二三十年前的一场个人危机动摇了我的世界观，也造成我开始寻找值得信赖的可靠之事或可靠之人。

当时有一个朋友带着我走上另一种思考人生的道路。

由于在精神上获得了支持，在接下来的几年间，艰辛所带来的压力就轻一些了。

没有人生来喜欢受苦，但若不得已遇到了，我们也可以利用人生的逆境与挑战来提升自己。

我们不可能完全根据自己的兴趣喜好行事，人生中有许多的“安排”，我们要学会积极主动地应对。

我尽力做一个良善的人，愿意帮助别人的人。在有信仰的人生中，有亮光引导我们，有一种能够激励我们更好、更善的人生观，叫我们受益良多。即使对没有宗教信仰的人来说，也是如此。

驱动我人生前进的动力中，有一部分力量来自我的信仰。由于家庭的影响，我也“与生俱来”就希望做一个贤妻良母、慈爱的祖母、忠诚可靠的朋友。

年纪越长，我越能看清：每一艰辛中都有可贵的教训，人在克服艰辛之后会变得更加强大。“不经一番寒彻骨，怎得梅花扑鼻香？”

山穷水尽与柳暗花明

开始从事射击竞技时，我总是设法保持心胸泰然。我努力维持内心的平静祥和，不让旁骛潜入脑中。

有些射击选手喜欢在靶场上社交，但是我不行。并不是因为我不喜欢有其他选手做伴——在这项运动上我也的确交了几个朋友——而是我发现，我若去社交，会叫我分心。比赛轮到我射击时，之前的谈话内容可能会在我射击时回到思绪中，萦绕不去，我会失去该有的专注。

中文中有个词代表我射击时想要达到的心境，那就是“心平”两字。心平不言而喻，指的是心中一片祥和。我深知，比赛时若能将观众和其他选手完全摒除脑外，我就达到了心平的境界。真正心平时，我感到靶场的天地之间只有我一人，即使周遭有数百人。一旦心平，在靶场上我便安然，了无牵挂。

我开始竞技射击生涯后，“心平”两字就常在念中。我也把它运用到一般生活之中。

一个人若是怀恨、怀怨在心，常感受伤，是无法在人生中找到心平的。一定要先愿意成就和平，而要找到和平，就必须先原谅。有时这表示原谅自己犯错，有时这表示原谅伤到你的人。

当然，原谅，可能是人生中要做的最大难事之一，而且原谅的路往往非常长。伤害你的若是原本与你又近又亲的人，原谅可能就难上加难。出自陌生人的伤害，我们或可谅解，但是为何有时带给我们最痛苦的往往是与我们至亲至近的人？

但不原谅，伤痛就永远挥之不去，心平也永远无法达到。饶恕是唯一向前的道路。

我的母亲是我生命中对我最有影响力的人之一。我们意见不尽相同，但她是我所识之人中最好的。她是我的挚友，她的人生智慧我深感宝贵。我母亲从不抱怨，永远是乐观派。

我从母亲那里学到的是：处世看事要看甜甜圈本身，不要看甜甜圈中间的那个空洞。

我们总是把目光专注于困难上，总是因为我们未曾拥有的美好事物而感觉没有受到祝福。

我数次在人生中无法感到心平，包括爱子顾敏的因病夭逝。人生不断往前，家人也继续忙碌，但我和外子家一调适顾敏夭逝的打击非常不易。

多年之后，我的人生观因我经历一场个人的悲剧而撼动，再度掉出心平境界。我深感受伤，感到我只剩下躯壳，快失去

方蓁与母亲合影（1954年）

方蓁怀抱爱女顾麟、爱子顾敏（1977年）

对人的信任。

多年之后，每次只要是我想起顾敏的早夭或是我个人的悲剧，我就无法心平气和，一直到我愿意对啃噬我的痛苦放手为止。

失去顾敏后，随着时间的流逝，我对我们母子相处的那段时间更珍视。这就是一种山穷水尽之后柳暗花明的祝福。而我也从照顾顾敏的经验中学到，绝不要把任何一刻都视为理所当然，尤其是跟家人或你所关爱的人在一起时。

方蓁怀抱爱子顾敏（1977年）

经历过我个人的悲剧，我学到我必须把目光放在我人生经历中的美好事物上。我有一位支持我追求射击事业的先生，他让我有时间和自由去追求、去拓展那项兴趣。家一与我在事业上也有过艰险的时刻，后来终于在财务上站稳脚跟。我的儿女健康、可爱，我也良友成群。

我有太多要感谢的地方。

一如母亲说的，环绕洞心外围的是甜甜圈。

母亲教会我很多事情，但最重要的是我从她那里学到了仁慈与坚忍。每当我害怕时，母亲总是说："最坏又能把你怎么样？"

人生中有很多要感谢的人、事、物。

有时我会感到天地不仁，让我身处极其为难的逆境当中。每次我都忍受痛苦，但我恒忍到底，每次都完身而退。事过境迁之后，感觉更坚强，更有智慧。

因为母亲的教导，有她做榜样，我也总是努力做个良善仁

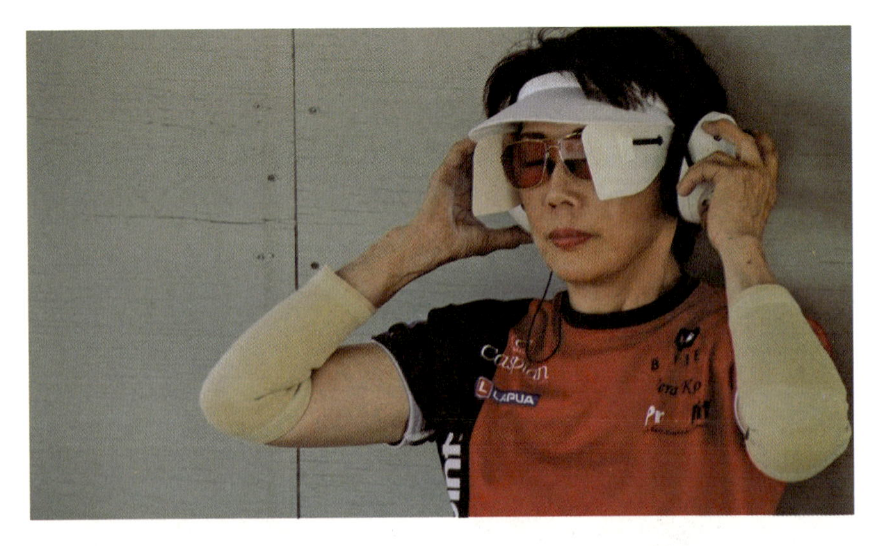

方蓁在比安奇杯比赛前力求心平（2014 年）

慈的人。而在自己遭遇不幸的事情之后，我变得更能领会仁慈的价值。在陷入那段困难时期摸索方向时，即使我的外表力持镇定，心里面其实一团乱，而最小的善意也能帮助我度过一天。

人生有些人、事、物叫人不愉快时，我总是尽量让自己想到这一点。我不发怒，反倒会去想：这人有什么难言之隐？经验告诉我，有时人看起来外表祥和，内心却波涛汹涌。我怎能不设身处地去为他们着想而去批判他们呢？

在受到冤屈时宽赦，每有机会就释出仁慈善意，不去过一个充满怒气的人生，我发现，这样的人生态度更有收获，更加充实。

秉仁慈与宽恕行事，是帮周遭之人的忙，也是帮自己的忙，它让你内里平和、心中坦荡，它让你经历心平。

2017 年 5 月

随手行善之重要

女儿顾麟曾经问我："你我心目中最重要的美德是什么？"她希望将此美德灌注到她儿女的心里。我的回答是："善良。"

当然，善良不是我们要努力具备的唯一美德，我们还应该设法具备诚实、忠信、胸怀大志和勤奋认真等等特质。

但依我之见，再也没有什么比善良更重要了。它不仅影响我们个人，也影响我们周遭所有的人。我们的"所是"会散及于与我们互动的一切人、事、物上，如果你心地善良，周遭的人会有所感觉，福报也会回到自己身上，于身于心皆然。

照顾好身体的方法很多，例如维持适当的饮食和运动，保持善良的心地也有益身体健康。

日本学者、作家江本胜出版了数册《生命的答案，水知道》，书中认为，人体中大部分是水，我们体内充满的若是粗暴或负面的思想，体内的水就蒙受负面行动的影响，我们的整体的健康可能就会受到毒害；但若我们体内充满良善与快乐的思绪，我们可经历正面的健康效应。

虽然科学家想要推翻江本胜的研究，但我相信他的理论不无道理。我在自己的生命、生活里头看见善良的正面效应，而当我看见别人发挥善行义举时我也欣慰有加。

几年前我翻阅一期《美国生活》时偶然看到一篇文章介绍

一个叫作“随机行善”的组织，它是普渡大学学生雷德利奇在2012年发起的。

方蓁著作《巾帼枪神——世界冠军之路》中文版面世后出版社送来鲜花（2019年）

根据“随机行善”官网的说法，雷德利奇是在看喜剧电影《王牌天神2》时得到的灵感。在这部电影中，天神告诉男主角贝斯特，每次只要随手行个善，就能改变世界。受了这一幕的启发，雷德利奇在大学辍学，成立了“随机行善”，与三名友人共同推动这项理念。

雷德利奇团队后来获得制造糖果棒的美国公司“善点心”一万美元的支持。后者对“随机行善”这类理念一向支持。“随机行善”后来在全美展开六周旅行，倡导随机行善——有时日行大善，有时日行小善，鼓励社会大众见贤思齐。

我读了雷德利奇和“随机行善”的故事，深受感动。

全球有许多卓越的服务组织，如和平团、无国界医师组织等，其义工不畏艰险到全球各地解决大挑战，帮助全球各个角落的人。这些组织从事的任务极为重要，但不是所有人都有条件加入这样的组织做出贡献。“随机行善”提醒世人，帮助日常接触到的人，人人都做得到，不一定要隶属什么组织。我们天天可以举手之劳对他人行善。

当人们被要求做一件事时，往往会问：“对我有什么好处？”

说真格儿的，行善对你我又有何好处?

除了体尝身体健康的好处外，情感上也不会空手而归。

日行一善，你其实是抛出了两项礼物：一是施予他人的善意，二是带给自己的快乐。

我自己对此有亲身经历。年纪越长，我就越了解人需要对他人有善心和爱心，因为我深信善意的施予者其实就是胜利者——起码也是双赢者。你让自己更快乐。

今年初我取消了一项医生排定的手术。我跟外子家一讨论之后，认为当时不是动手术的好时机。我们是在最后一刻决定的，当时手术的时间已经排好，我知道这一定会给医院造成一些不便。因此我征询医生的意见，她告诉我会最感不便的是医院中负责安排手术日程的一位女同事。

一个小小的善意动作，我知道并不能减少我带给她多出来的工作负荷和压力，但我知道这个举措可以显示出我的歉意。

我在我的插花老师陪伴下前往一家花圃，花了两个半钟头的时间，为我的医生和安排手术日程的女士挑选了两束花材。我在大学主修艺术，在花艺课中得心应手，我知道如何借花来表达情感。我选择的花朵、颜色和种类适巧可以表达这项讯息。

然后我把花送到两位女士手中。

安排手术日程的女士大吃一惊，告诉我不必送花的，但是拿到花她喜出望外。我没机会当面跟医生致意，她后来打电话给我留话说，她很久没有看过那么漂亮的花了。

我自己并没有收到有形的礼物回赠，但是我的善行给了我一些东西。我很快乐。

方蓁的插花作品

随着年纪渐长，我们当中有些人可能不适合在慈善服务组织担任义工，我们可能既无力气也无时间参与替有需要的人盖房子或出国救灾赈济，然而这些都不应成为我们不帮助人或不展现善意的借口。

不妨把这个理念交付试验。

你不妨试试连续一周日行一善，看看有何感受。我敢说你会在帮助他人的生命历程中尝到回馈的滋味。

2016 年 9 月

拥抱真实自我

外子家一很喜欢讲一个古老的中国寓言：一只狐狸精变身为一个美妇人的故事。

这妇人嫁给一个穷汉，至于穷汉怎么娶得起一个美妇人，谁也搞不清楚。邻人不知女子原是狐狸精，因为她把尾巴藏在衣服里面。不过即使如此，朋友与邻居仍有所疑，终于有一天，狐狸露出尾巴，她的诡计也被识破了。

这个故事说出一个我深信不疑的人生道理：你本性如何，人就如何。你明明不是那种人，当然可以试着伪装，但装谁终归不是谁，真面目终会露出来。

我们总觉得要讨人欢心，为了取悦于人，我们扭曲自己。我发现现在的年轻人尤其如此。

不是那样的人却要过那样的生活，会把自己弄得苦不堪言。每天你都装得人模人样，摆出最好的一面，取悦他人。第二天早晨起来后再旧戏重演，晚上回到家里时每每精疲力尽。若再周而复始、夜以继日地这样做，总有油尽灯枯的一天。

其实通常的情况是，即使你觉得可以将他人玩弄于掌上，他人终究会识破你的伪装。你可能绞尽心力将自己表现得像是良善、智慧之人，满心关怀他人，但本性若非真的如此，狐狸尾巴终会露出来。

方蓁在国际实用射击联盟全国大赛上（1993年）

我大半辈子都在取悦于人。他人期望我当慈母、孝女、贤妻——做一个温顺的妇人，打理家事，料理三餐。这些我都照办了。

但是，等到了某个年龄，你会发现，要做的事那么多，根本没办法让人人都满意。

方蓁在重要正式场合经常穿着旗袍（2005 年）

随着年纪渐增，我也逐渐不在意别人怎么想。这种想法大概是从我开始射击时逐渐萌芽的。我进行射击之初，一些亲友很不赞同，他们认为这不是一件适合女性做的事情，更别说是一个中国出生的华裔女性要在这样一种运动中竞争。他们质疑我出国比赛期间可能荒废家务，无法履行好其他责任。

然而我逐渐体会到，我不需要过一个取悦众人的人生，毕竟，人生往往是顺了姑心便失了嫂意。我下定决心，我只需家一的同意。他让我去射击，而且无论练习还是比赛，他都挺我到底。

我当时就决定要为自己而活。我大彻大悟，如果其他人不喜欢我的生活方式，因此轻看我，那是他们的问题，我不会因此而耿耿于怀。

即使是在射击圈内，我起先也总是想把自己的“狐狸尾巴”藏起来。我不想以自己本来的娇小模样出现，我想，神枪手不是这个样子。我想办法让自己看起来更男性化一点，在早年的比赛中，我甚至在衣服下面垫上肩垫，好让自己的体形看起来高大魁梧些。

我在自己的头半部人生里拼命要做个懂得三从四德的贤惠女性，然后我又尽力摆脱那个形象，原因是我参与竞争的是一种阳刚的运动。

经过若干次自省，我决定做自己。我是女性，体形本来就不高壮。我是中国出生的亚裔，也不需要去隐瞒这个事实。因此我开始在比安奇杯晚宴中穿着旗袍，一点也不担心自己看起来不像个射击选手。我知道我不需伪装也能做一个别人不敢小觑的选手。我不需要打肿脸充胖子。

年轻时，岁月似乎很长，但是年纪渐长后，我们开始明白时间稍纵即逝。我们有太多事要做，时不我待之感油然而生。

人人都有与生俱来的天赋，每当我看见那么多天赋异禀的人不好好把时间用来发挥天赋，实在痛心。如果你要哗众取宠，明明不是此等人却装是，你便

方蓁在比安奇杯比赛上（2014 年）

是在浪费自己的时间。

越早觉悟自己是谁，本相如何、天赋如何，就能越早展开发挥天赋的人生旅程。

就算人人都有与生俱来的天赋，要用这天赋做出不同凡响的成绩、有意义的大事，还需要花时间。

我把大半生都用来讨大家的欢心，别人希望我是什么，我就是什么。我已了解到无须如此，我要交账的对象乃是自己。我真希望自己能早点明白这一点。

我努力向上超过二十五年的时间，但求射击技术精益求精。然而我还不是其中最优秀的。若要出类拔萃，必须及早为之，也就是说你得及早认识自己是什么样的人，如此你才有机会在更长的人生岁月中打磨自己的天赋。

不要想隐藏自己的“狐狸尾巴”，因为最后它总是会露出来。我们反倒应当拥抱真我，抓住机会，致力于不凡之事。

2015年11月

艰苦试炼时也信心不移

今年元旦我受伤，左膝前十字韧带与内侧韧带撕裂，前因后果，我只能用“荒谬”两字形容。

由于常年一心一意专注于射击，我已经大约五年没有好好滑雪。滑雪状况多，而射击比赛需要花很多时间准备，我感觉不能轻易冒险，不能让自己因为另外一种运动而受伤，耽误了比赛。

1 月的某天，我们举家到滑雪胜地斯阔谷度假，我本来也只是想跟家人一起小试身手而已。我打算顺坡而下几次后，就跟外子家一到餐厅喝杯咖啡，吃点点心。

对于滑雪，我其实经验老到，技术娴熟。我曾经从著名的黑钻双峰纵身而下，也非常熟悉斯阔谷的地形，在那里滑雪已经二十七年了。

我觉得自己从雪坡上俯冲几次应该不成问题，然而那天我根本连滑雪的边也没沾上，我才步出滑雪缆车的座椅，自己的雪橇就钩到外孙女的雪橇。我摔倒在地，听见身上的骨头啪的一声，然后就痛楚袭身，我痛得大叫。

不过事过境迁之后，我未感到懊悔，也不难过或生气。

我深信人生中每一件事的发生都有原因。

方蓁在滑雪坡道上摔倒后获得救援（2015 年）

膝伤让我想到六七年前我所受的几次伤，那几次伤一次比一次严重。

第一次是我想从淋浴所站之处关上浴室的窗户，结果我摔倒在浴缸外，大腿擦伤。

那次受伤不久之后，有天我想从车房的一个架子上拿一个冷藏保鲜箱。从我站的地方拿不到，我就站到一个圆形的发电机上，没用梯子或板凳。以前我曾多次这样做。但是这一次我脚上穿的是拖鞋。等我伸手要拿冷藏保鲜箱时，一个未提防，身子突然向后仰，我摔了下来，而且是尾椎和手肘着地，平躺在水泥地上。医生告诉我，没摔得更惨算是幸运的。

一连串摔跤事件的最后一次，也是发生在浴室中。我站在浴缸旁喷发胶，站的地方很滑，结果又滑倒了。我碰到头，鲜血直流。不过，还好的是，我又一次没摔成重伤。

受了这么多次伤之后，我开始思忖自己为何会在这么短的时间里摔倒多次。我去看医生，医生判断我的脑部与平衡没有问题，查不出个所以然。我还去看了一位自然疗法直觉咨商师，想知道霉运和晦气什么时候才烟消云散。

这位咨商师告诉我，只要我多注意、小心一些，应该不会再跌倒。他说得没错。

每次跌倒时后果本都难以想象，它们其实是对我发出的警讯。人生的教训当头棒喝时，我们若是学得快，是可以避免重蹈覆辙的。我花了一段时间才明白，但也总算懂了我要学的功课。

方蓁和外孙女在加州太浩湖斯阔谷打雪仗（2015 年）

我必须学着更小心，别再搞得欲速则不达，聪明反被聪明误。每次摔倒都是因为我想节省区区几分钟的时间，要不就是粗心大意。摔跤，这是在告诉我：必须慢下来。

不过，即使是受伤，我也总是幸运的。2013 年 4 月，在比安奇杯举行前，就在我刚刚做完一次射击练习时，我被一根绳子绊倒，造成右腿的腓骨与胫骨断裂，脚踝骨也挫伤了。这样的伤势原本可能让我痛苦不堪——我是在密苏里州哥伦比亚市练枪时受伤，身上带着 156 颗医生开的止痛药回到加州，但后来我一共只吃了五六颗。

这次受伤是一次叫我谦卑下来的经历，而不是一次叫我痛得受不了的经历。

我这次膝伤后情况其实也是一样。开刀后与休养复原期间我也不觉得痛彻心扉。

在这次受伤的事上，我还不知道我身上要发生什么。但事后不久，我开始有些想法。

我觉得这些事情的发生，可能是在告诉我：要多在家里留一些时间。由于对射击的钟情与全力以赴，我经常出门在外接受训练，参加全国各地的比赛。

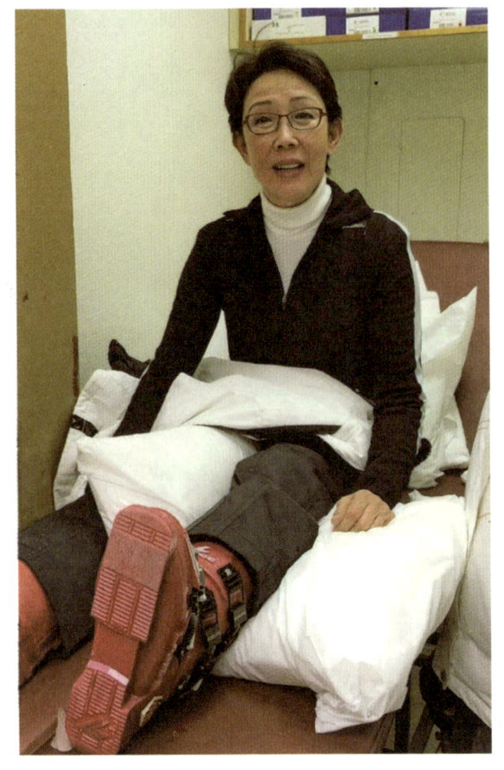

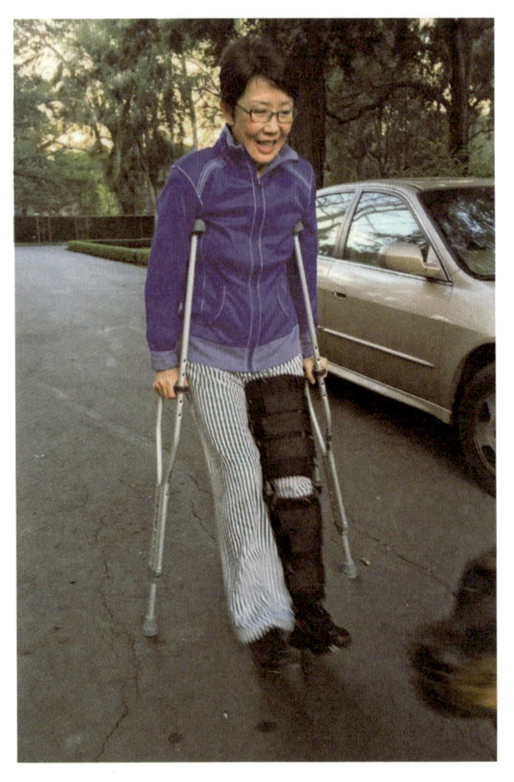

方蓁在斯闼谷诊所待医（2015 年）

方蓁动过手术后逐渐复原（2015 年）

这或许也是要给我一个专心写作的机会。我着手自传写作已有一段时间，但是受伤前几个月写作计划突然停摆。以前也有过几次停顿，但这本书我是铁了心要完成的。

这或许也是在告诉我：想想如何经营一个新的小型企业。因为我对艺术有兴趣，考虑过开一家设计公司。

有的事情要发展一两年后才有所显明，答案揭晓需要时间，我可以等待。

2015 年 3 月

对朋友不要吝啬爱

朋友或自己所关爱的人误入“歧途”时，我们常感觉有责任提出忠告，设法帮助归正。相信我们都有这样的经历。

但是朋友对你的建言有如东风之过马耳时，你又该如何？

秋天里就发生了这样的事。一个二十年的知交在海边摔倒，当时好像没事，但是却折了脚踝。她必须动手术，在脚上安钢板。

手术后两个礼拜她打电话给我，我听得出来她心情很沮丧。我很想助她一臂之力。

我射击生涯中数次受伤也数次康复，最严重的一次是六十六岁时我独自在靶场练习时摔倒，一只脚骨折了。

我的胫骨后来打了钢板，钉了六根钢钉。复原过程很辛苦，尤其是我这个年纪。在复原过程中，我中西医并济，复原到能够参加次年的比安奇杯。

中医治疗注重饮食、睡眠与用药。我完全遵照医嘱行事，专心康复，绝不自怨自艾。

我每天摄取几千卡路里——鸡蛋、培根、煎饼、香肠、水果、绿色叶菜、牛排和蛋糕。我不担心会变胖、变重，我疗养期间身体大了一两圈，但我知道我的身体需要卡路里来帮助复原。

我们的身体就像帮助我们走过今生的汽车，我们的身体油箱里需要油来发动运转，疗伤时尤其如此。

我规定自己一定要有充分的睡眠。一个中医朋友推荐的中医煎药，我每天服用两次。

我也不忽略西医。医生的嘱咐我照单全收、巨细靡遗，努力复健。

由于我努力结合中西医疗养，所以复原得非常好，在手术后十三个月，便能前往比安奇杯比赛，而且没有严重的后遗症。

我的朋友也是华裔，因为我的经历，我衷心希望她采用类似的养伤计划。然而我很快就注意到她并未增加卡路里的摄取。

我的朋友不吃牛肉和猪肉，我原以为为了健康，疗伤期间她会破例。我担心她若复原得不好，日后走路会一跛一跛的。

面对人生挑战，你不见得喜欢必做之事，但你必须去做。

若眼前只有此途能带你到达目的地，硬着头皮也得顺着这条路走下去。

我一生奉此为圣旨。我想：要到达心中的目的地，再大的障碍也不算什么，不管心里有多为难。

我并非天生就喜欢俯冲滑雪、驾驭风帆，但我还是去学了。外子家一对俯冲滑雪乐在其中，我却是吃尽苦头。我的身体不会指挥、协调动作，还好家一是有耐心的老师，我在无数次练习后，终于学会了。

我们住在新加坡时，我有学驾驭风帆的机会。我不擅长水上运动，但是家一喜欢，因此我又勉为其难。经过天天练习，我终于可以上手操作自如。

学习不同的运动，教会我如何在克服困难的过程中破关斩将。

射击生涯初期，我对我的启蒙恩师欧阳说："射击训练太辛苦了，要付出那么多，有时我很烦闷。"他说："你是要半途而废，还是要继续学？"我从未将退出视作选项，因此我勇往直前。

但我看得出来朋友不愿意采用我那一套饮膳法。我也知道，自己虽然有些灰心，但也不能放弃她。

对我们认为无法从善如流的朋友，千万要慎重，要有策略。

同时，也需要继续表现我们的关心，相信总有一天朋友会愿意考虑我们提出的建议；朋友执迷不悟，我们也不应轻易言退，而应让朋友感觉可以随时随地依靠我们。

在朋友疗伤期间，我说破了嘴大概也说服不了她吃牛肉和猪肉，因此我开始想自己能够做什么。我想我可以带鱼肉做的锅贴给她，另外带个莓果奶酪蛋糕和鲜花。看到这些东西，她应该能明白我在乎她、顾惜她。锅贴也能让她的饮食中起码有一点肉。

我朋友听说我要带鱼肉锅贴去看她时，非常开心。

我深信：对我们所知有益之事，纵使我们不喜欢，都应该全力以赴；虽然别人要怎么做，我们无法控制，但是我们可以掌握自己的行动。我愿意就我所能，助友人一臂之力。

即使朋友不听我们的忠言，他们依旧是朋友，我们不应弃之不顾。

2019 年 11 月

感情因疫情而弥坚

过去几个月我一直在思考“塞翁失马”这句中国成语与疫情有何关联。

这个成语故事是说：从前有个农夫，家里养了一匹马。有天马忽然失踪，邻人安慰道：“真是不幸。”

农夫却不在意地说：“焉知非福？”

次日，走失的马居然带着几匹野马回来，邻人都来道贺。

农夫说：“焉知非祸？”

次日，儿子要驯服一匹野马，却于骑马时从马上摔下来，摔断了腿，邻居说：“真是不幸。”

农夫说：“焉知非福？”

次日，村里征兵，儿子因跛而免，邻居为其称幸。

农夫又说：“福祸难知。”

这个成语故事的寓意，如同引用此句成语的作家华兹所说：“我们无从得知不幸是否带来不幸，也永远难知幸的结局是不是幸。”

疫情中我对这句成语特别有体会。疫情的确带来了疾病、死亡、经济困境和个人辛酸悲剧，这些都属不幸之事。

但我也从自己人生的屡次挑战中知道天意难测。即使困难当头的那一刻我不理解，但是我遭遇的若干最无情的考验让我在多年以后更加坚强与守善好德。

方蓁在家中花园种花（2020 年）

对于这次疫情肆虐，我们家也设法从中体悟福祸如何相依。对外子家一和我来说，疫情让我们夫妻俩更如胶似漆。

过去几个月我们一起看了很多剧，剧里讲的都是中文。是家一勾起了我对这些剧的兴趣。过去二十多年来我们在家里从来没看过电视，我们都有着积极而忙碌的人生，我要到各处比赛。而这次疫情让我们的生活节奏慢了下来，家一在我们的卧室里装了一台旧电视机。

在加州实施强制性居家检疫隔离期间，我们夫妻俩每天晚饭后会看上三个多小时的剧。我们好久没这样厮守一室，我格外珍惜。

当然我们年轻时寸步不离，他到哪里我都跟着，就像菠菜豆腐汤中豆腐上面总是浮着菠菜。

后来生活复杂了，我们有了孩子、事业，彼此各有爱好，我为了射击事业走遍全球。

现在我们又焦孟不离，一起看剧，事后讨论，喜欢每分每秒彼此谈心做伴。

疫情期间方蓁坚持居家锻炼（2020年）

疫情中不但我跟家一有高品质的相处时间，而且看剧也让我有磨炼中文的机会。我计划前往中国参加书展，在书展上发表演说，介绍我的书，与读者互动。从上次书展的经验我意识到自己得用中文，因为只要我说英文，人们可能就会认为我自视高人一等，而且有的人听不懂我在说什么。

我在移民美国前，生活中说的主要是广东话。我的父母都是华裔，生活中讲广东话、普通话和上海话。

在香港的学校里我们说广东话，但上课是用普通话。我说中文时，母亲会打趣我的口音，我也视说普通话为畏途。

我搬到美国时一点英文也不会说，观赏《反斗小宝贝》帮了我学英文的忙。家一和我一同看剧让我把中文掌握得更好。此外，我也从中学到不少知识，对中国文化的了解也增进了。

我在过去几个月经历的好处，还不只是跟家一一起看剧。疫情期间，我无法外出运动，但我发现我非常喜欢每天早上在Zoom上跟着大家一起运动。不需要出门，我可以睡到晚一点，不用做头发或是化妆。我认为通过Zoom做运动是一种福分。

女儿顾麒一家忙着养小鸡、孵鹌鹑，迎接迷你小兔的到来（顾麒一直都在饲养小兔）。母亲节的时候，顾麒的女儿米亚画了一张全家福，里头有顾麒、米亚、顾麒的伴侣佐丹和他儿子。在画的上方米亚写着“最棒的家庭”。米亚在疫情困境当中对家人展示出的感情，温暖了我的心灵。

方蓁与家人在农场摘樱桃（2020 年）

在必须居家隔离与保持社交距离期间，顾麒找到一种有趣的方式进行户外活动——跟朋友母子二人在博德佳湾海滩挖贝壳。

为了保护我们的健康，儿女和孙辈都把探视我们的活动减到最少。在加州松绑时，全家曾前往一处农场摘樱桃，不过都戴着口罩。家一以前曾在这个农场摘过水果，但是我因为忙着射击比赛，总是无法参与。这次跟家一、两个女儿和两个外孙女一起，边摘樱桃边听他们说话，是我消磨一个上午的最佳方式。

若非戴着口罩，你绝对不会想到我们正置身于猖獗的病毒疫情中。那一天证明，即使是在最艰难的时刻，仍然有福分和快乐等待着我们。

2020 年 6 月

缘分与命运的力量

在中国文化里，我们相信“缘分”。有缘分，也就是天意，就能千里来相会。若是有缘，两人在一起便会感到如鱼得水，即使只是相识不久，也好像认识了一辈子，总有谈不完的话。

外子家一与我就有缘分。

我年轻时，母亲总是耳提面命，要我用内在美给人留下好印象。我一直以为这是在暗示我没有什么外在美，也造成我总是对自己的外表没有太多自信。

方蓁参加夏令营（1964 年）

然而家一一开始就对我有好感。

我们是在我十七岁那年的一次夏令营中结识的。那时我刚高中毕业，家一则是斯坦福大学大二的学生。

我幼承庭训，家规严格，参加夏令营给了我一个难得的与同龄异性相处的机会。

在那次活动中有一场服装展示会，女孩子们要穿晚礼服走秀。

走秀时我穿的是一件我亲手缝制的白色 A 字裙。那时我所有的衣服都自己做，这个手艺是我跟母亲学的。

我没想到的是，我居然当选了夏令营的选美皇后。

就是在这个场合里，家一过来向我介绍他自己。他看起来比我年轻，因为我穿高跟鞋的缘故，他看起来也比我矮，但过来打招呼时，他信心十足。

我得知家一是兄弟会的，这对我来说是一个提醒：兄弟会的男生都是花名在外。当天晚上家一跟我没有一起外出约会，但是命运不久又使我俩走到一起。

紧接而来的周末，母亲邀请夏令营中的一些男生到家里吃午饭。几乎所有的男生都是着休闲服来的，唯独家一在衣着上用心，穿的是西装，而且还带了一个蛋糕。

虽然家一身材不高，而且有一张娃娃脸，但我喜欢他脸上那一双温暖的眼睛和可掬的笑容。整个下午他大部分的时间都在跟我母亲讲话，我无意中听见母亲要撮合他与我妹妹约会。

方蓁与家一在加州帕洛阿托附近一处天然保护区泛舟（1966 年）

方蓁与家一大学时代的滑雪旅行（1966 年）

我没有料到家一最后是邀我出去，在家一之前，我只跟一个男孩子约过会。

我们第一次约会，家一请我吃晚饭。饭后，他停妥车，我们温存了一会儿。虽然亲吻甜蜜，但我还是质问他的意图，并且告诉他如果他只是想要找人亲热，他找错对象了。

家一表白此非他心之所欲，于是我们开始交往，成为男女朋友。

家一念的是斯坦福大学，我念的是旧金山州立大学，而且住在家里，但我们见面的时间越来越多。相处时间越长，我就越喜欢他，很快我们就形影不离、难分难舍。

家一成了我最好的朋友和我推心置腹的人。

我们有缘分。

我们在我二十三岁那年结婚，直到如今婚姻甜美不减当年。

多年来我都不会说家一对我好是天经地义的，但再次被提醒我们之间的鹣鲽情深与惺惺相惜，诚然也是一件美事。

2013 年 4 月，我在为比安奇杯做准备时右脚两处裂伤。虽然受伤，但是有一件事可以庆幸。

方蓁在斯坦福大学校园公寓的阳台上（1967 年）

在我养伤期间，家一和我之间的缘分、当初我们如何陷入爱河，再次唤起我的记忆。家一一路陪着我，无微不至。我连在家里都不太能走动的时候，他寸步不离。他做饭、去超市买菜，他替我打开水龙头放水，好让我能够洗个澡。

在家足不出户养伤两个月后，我开始有些抓狂。家一与同我亦师亦友的欧阳在家中后院为我架设了小型空气手枪练靶场，让我至少可有某种程度的练习。

最重要的是家一是我的挚友和最大的支柱。他看着我不让我太过消沉，他的一举一动都让我知道他的善良与关怀。虽然我早就知道这一点，但是一起生活多年，我常常习而不察，真是：“人生不失意，焉能慕知己？”

家一与我的人生有许多试炼，我们失去一个孩子、生意几乎破产，很多都是一同经历的。

我们的关系当然也有过考验，也不是一直都是神仙眷侣不食烟火，但是我们的婚姻、我们彼此之间的爱情让我们得以通过每一次的试炼与难关。

我对家一的爱是没有条件的，他是我的伙伴和挚友。

中国民俗里有一个故事：有一对恋人无法结合，但是他们的灵魂是相连的，他们彼此以身相许。他们把一块玉摔成两半，一人一半，从此以后他们以玉相认。

方蓁与家一在婚礼喜宴上（1969 年）

方蓁与家一婚礼上与父母合影（1969 年）

方蓁在斯坦福大学校园里（1972 年）

方蓁在斯坦福大学校园公寓的厨房里操持家务（1972 年）

方蓁与家一在新加坡时总会要出席一些正式场合（1980 年）

方蓁与家一在温哥华岛坎贝尔河度假(2005 年)

方蓁与家一在家中恩爱用餐（2014 年）

家一与我有不同的宗教观，我信上帝和耶稣，他比较信佛教的来世观。

来生如果分开，我会带着一块玉。今生结束时，我相信家一可凭此找到我。

方蓁与家一在外孙女环绕下享受天伦之乐（2010 年）

它的意义更在于提醒我记得我爱了五十多年的男人，以及我们之间心心相印的默契。

我们若是未参加那次夏令营，又会有怎样不同的人生？我们说不定擦肩而过。

但家一与我有缘分，命中注定要结合。

2017 年 3 月

我的身世之谜

我的娘家姓方，方蓁是我的本名。

我还在学步、学语时，爷爷奶奶经常笑我不是方家人，而我总是抗议说：“我姓方！我姓方！”

母亲觉得这事好笑，我童年时她经常说起这件事。

当时我不了解，但爷爷奶奶的玩笑是我第一次隐隐感觉到我父亲方开不是我的生父。

我成人后才知道真相。但我认为方开就是我父亲，对我来说，抚养我长大成人的父亲就是父亲，不管是不是血缘上的亲生父亲。

不过，我对自己未在母亲在世时解开自己的身世之谜、知道自己的生父是谁，感到遗憾。我不懂自己当时为何不好奇。

整个童年也一直有其他迹象出现。

例如母亲总是爱怜地叫我“丑小鸭”，她说这是一种亲昵的小名。

我也真的跟我的弟弟妹妹们长得完全不像。

母亲与方开共有六个子女，我是家中的长女。我有一弟一妹，三人一起长大。他们还有一对双胞胎儿子和一个女儿，给人收养了。

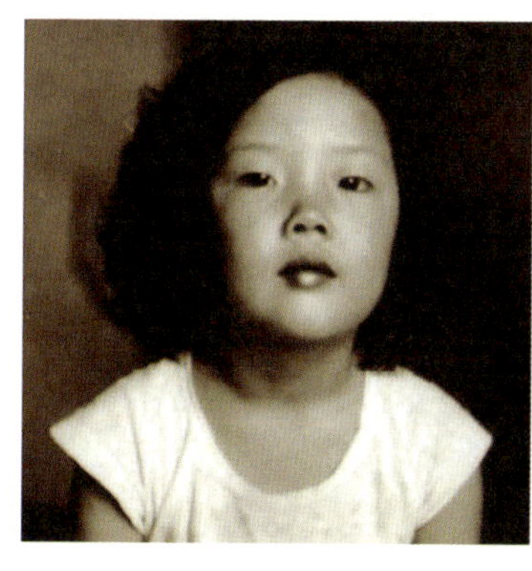
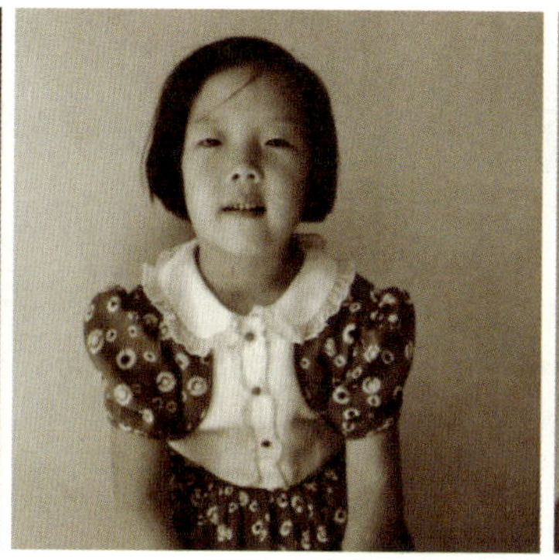

从四岁到二十二岁的方蓁（1951—1969年）

我有时还会与做了别人养子、养女的弟弟、妹妹见面。有一次，双胞胎当中的一个说：“你长得一点也不像我们。”

他说的没错。

我长得像母亲，只是没有她那般美丽的容颜。但是我一点也不像父亲方开。他有中国北方人的帅气和五官特征，高鼻大眼。

与方开结婚前母亲结过婚，这是她亲口告诉我的，但是她没说她的前夫是我的生父。除我之外，他们一起生了一儿一女。

她说离前夫而去是因为他会动粗。她离开第一任丈夫时，没把另外一儿一女带走。我从未见过他们，也不知道他们的名字，只是听母亲谈起过他们。

母亲出走是因为前夫不是普通的粗暴。她那一代的中国妇女，通常在任何情况下都不会离弃丈夫，离家出走几乎是闻所未闻的事。

我问她是怎么认识方开的。

她用“小妾”二字回答我——“小妾”喜欢上来家担任教席的老师方开。

方开会英文，曾是美国陆战队的翻译官。一位陆战队上校

方蓁（右上）与母亲、弟弟、妹妹合影（1953年）

后来赞助我们移民美国。

母亲从未细述过在方开任教期间两人是怎样会面的，我也没追问过。

我嫁给家一后，母亲告诉我婆婆和家一的姨妈方开不是我的生父。我是事后才知道的。后来我知道母亲告诉他们我的生父曾马上佩枪，带兵纵横沙场。

婚后不久，婆婆问家一："你知道方蓁不是方开的女儿吗？"

那时我在婆婆眼里并不吃香，家一以为婆婆只是无事生非，不以为意，也没告诉我。

多年后在家一的一次出差中，这个话题又浮现了。家一跟姨妈、姨父非常亲近，趁出差之便，他见了姨妈。

姨妈问起家一我是否还在射击，家一回答是。

姨妈便说我这一点大概像我父亲，他是佩枪、带兵的人。

她把我母亲在我婚后告诉她的事，和盘向家一托出。

这一次，家一没有置之不理。回家后，他对我讲了姨妈所说的。我知道她指的不是方开。

母亲渐渐老去，得了阿尔茨海默病。病中她常常对我说我长得就像"吴贵林"——一个我小时候就听过的名字。

她说："你长得就像他。"

她说我的皮肤白皙，像他。

我开始琢磨她说的可能是我的生父，姓吴，叫贵林。

不过，家一的姨妈告诉他男人不会起这样的名字，因为“吴贵”与“乌龟”谐音。

乌龟在中文里有几种含义，叫男人乌龟如同用粗话骂人。母亲提起生父时很是不屑，尤以王八描绘。如今我恍然醒悟，也许他姓林，母亲叫他“吴贵林”。

母亲晚年曾告诉我妹妹我们同母异父，方开不是我亲生父亲。

这段对话之后，妹妹问我：“你知道我们同母异父吗？”

我回答：“知道。”

如今父母都已过世，我的身世之谜可能永远也无法水落石出了。

但是我自己琢磨出一套讲法。

我认为自己的生父是个军阀，如同家一姨妈形容的：马上佩枪，带兵沙场。有钱有势之人在当时的中国有三妻四妾很正常。我判断生父身边有数妾，我母亲也许是其中之一。

母亲跟这个男人——她的第一任丈夫，一共生了三个孩子，包括我在内。离家出走时，另外两个她没有带走。她离开前任跟方开私奔时，肚子里已经怀了我。方开在吴家担任庶出子女的私塾老师。

方开一定知道我不是他亲生的，但是他从未这样说过，待我视同己出，对我疼爱有加，非常宠我，带我去海边，去远足。

方蓁幼时与父母、弟弟、妹妹合影

方蓁（右一）与朋友合影（1970 年）

方蓁（右一）与弟弟、妹妹合影（1958 年）

家一认为我的亲生父亲一定是个顽强固执的人，属于不怕吃苦的类型。他这样说，是因为我在射击生涯中不断流露出这些特质，而这些特质在养育我的父母两家人的身上都找不到。

如果实情如此，我也许从生父那里承袭了某些有用的特质。我希望自己多知道一点他的事，多希望自己在母亲仍然健在时从她那里知道完整的故事！

但即使如此，也不会改变我对养育我的父母的看法。

星竹为吾母，方开是我父。

2017 年 6 月

第四部

旅行心得

若有机会开阔自己的视野，尝试新鲜事物，切勿错过。

射击生涯中，我不时需要绕着地球跑，我到过意大利、德国、新西兰、澳大利亚等比赛，更常在全美各地穿梭。不过这些都是与射击有关的出差。

我也能够经常享受旅游之乐，我自认这是我人生中的幸事。有些人旅行时喜欢躺在沙滩上放松，我则喜欢尝试寻奇探险和借机学习。

无论是在印度体验新的文化，在加拿大的费尔蒙王后酒店品尝高档下午茶，探访阿拉斯加人迹罕至的化外教堂，还是在百老汇观赏大明星担纲演出的音乐剧、歌舞剧、舞台剧，我都在旅行中大有收获。

世界之大，没有穷尽，接触各色人物、各种经验，都叫我们受益，不然，我们就犹如一潭死水。

旅行时，我总是设法保持敞开的心胸，例如前往百老汇观赏《李尔王》时，我从未料到自己会那么欣赏莎士比亚的戏剧，杰克森的表演叫我看得目不转睛、五体投地。

这也提醒了我，若是敞开胸怀迎接，新体验带来的喜悦绝对是始料未及的。

旅行再匆匆也要留下片刻宁静

工作归工作，娱乐归娱乐，平常我是完全分明，不混为一谈的。

我在射击生涯中，屡次前往遥远的他乡比赛。在这些行程中，我几乎从未顺道去观光旅游或寻幽访胜。而且，工作与娱乐不混为一谈的原则，我也用在我的其他事业上。

不过有人说，规矩就是用来打破的。最近前往阿拉斯加，我就将原则放在了一边。这趟阿拉斯加之旅原跟撰写我的自传《巾帼枪神——世界冠军之路》有关。

公事处理完之后多出两天闲暇的时间，我决定利用这两天

方蓁在教练指导下在加州霍利斯特跳伞（1993年）

去观光旅游。途中我发现，有时最难忘的回忆与最深刻的体验，就发生在最想不到的时间和地点。

旅游两天中有一天是豪华的雪橇冰河之旅，行程中包括搭直升机前往雪橇犬营地和赫伯冰河。

方蓁在阿拉斯加首府朱诺等待搭乘直升机（2018年）

我有幸坐在飞行驾驶座旁，一路非常兴奋。坐雪橇滑行时雪橇上一共坐着四个人，包括导游。十只阿拉斯加哈士奇拉着雪橇，带着我们往前，途中我还从雪橇后座上站起来放眼四望。行程尾声我们搭乘的直升机降落在赫伯冰河上，从冰河的隙缝中，水晶般的澄蓝海水可以看得一清二楚。

这一天真是开心无比，另外的行程也让我终生难忘。我包了一辆出租车，导览司机带我去参观州长官邸。他如数家珍地谈论阿拉斯加首府朱诺的采矿淘金历史。他领我去观赏壮阔的冰河与瀑布，我在冰河湾国家公园暨保护区大开眼界。

然而行程的亮点是司机开着车带我到圣德兰教堂参观。它位于一个小小的半岛上，琳恩运河的无敌美景在那里可以一览无余。

车停好后，我看见一座建筑物，便问司机它是不是教堂。他告诉我那是管理人的小木屋，走五分钟的路之后就会看到教堂。

经过小木屋后，映入眼帘的景观叫我瞠目结舌。眼前是一

方蓁参观阿拉斯加首府朱诺的圣德兰教堂（2018 年）

片汪洋大海，地上的美景反照在平静的海面上。地面上满是美丽的黄色、蓝色与粉色的花朵，场景如同超现实。不管地表的造景园艺出自谁的手笔，无疑是投入了许多心血，才能呈现这般祥和美丽。

我又看见地上竖着一个大十字架，我立时百感交集。我告诉司机我要在那里停留一会儿。我在那里坐了大约十五分钟：感激人生中遇到的所有良善美事，感激自己的身体安康无恙。

瞻仰过十字架后，我进入教堂。圣德兰教堂是地上的主体建筑，它跟我在欧洲参观过的大教堂不一样。它是一个小教堂，是 1938 年当地的义工用从海边搬回来的石头建成的，大概能容纳一百人，我进去是想更好地感受一下独处的感觉。

教堂前方挂着一幅耶稣钉于十字架的像，我在里头坐了大约十分钟。我很高兴自己能够踏进教堂坐下，但坐下后我忍不住泪水盈眶。我是个基督徒，通过个人敬拜来表达我的信仰。

教堂之外便是圣德兰像。圣德兰是法国出生的修女，是阿

方蓁在巴哈马操作助推器在海中行进（2018 年）

方蓁在阿拉斯加首府朱诺海边留影（2018 年）

拉斯加、教会与朱诺教区的守护神。

我没有机会探索整个地区，这里有散步健行的小径、住宿建筑与一处石林。

我一生参访过无数处美丽的地方，但是自这里离去时心中产生了从未有过的如此强烈的念头："有一天我一定要再回来。"

我要再去，也许外子家一可以与我同去，住在小木屋中，共享那里的清幽宁静。

我对司机说，到此一游让我的整个阿拉斯加行程更值了。

造访圣德兰教堂不似坐上雪橇或搭乘直升机降落在冰川之上那般"波澜壮阔"，但它是一种提醒：当你为独处省思而逸离常轨时，那往往是一生最佳的时刻。

2019 年 6 月

从旅游中汲取灵感

我总是劝人：纵然时机看似不理想，令自己兴奋不已的机会也千万不要轻易错过。机会稍纵即逝，错过了第一个，谁也不知道机会之窗下次何时再打开。

今年初夏，去纽约百老汇的机会之窗出现。我素来奉劝他人，自己也要先身体力行才是。

我一年当中最大的比赛比安奇杯结束两天之后，我离开了密苏里州。我没有时间在比赛完了之后直接回加州，因此我事先预备了一个皮箱带到密苏里州，动身前，把自己这趟纽约之旅所需的一切通通装进去。比赛结束后，我把所有的射击装备打包好并寄回家，便直接飞往纽约。

这次旅行的时机也许并不是那么理想，但是值得我不畏麻烦地去做。

我一共在纽约待了六天，六天中，我用四天的时间看了五场百老汇音乐剧。我还参访了“911”国家纪念博物馆，以及纽约现代美术馆举办的罗森伯的“朋友之间”特展。

旅行中，我曾几度沉吟反思，几度无比感动，更曾数度感受到乐趣无穷，说这趟旅行很值得应不为过。

在看这些音乐剧之前，我先参观了坐落于双子星摩天大楼旧址的“911”国家纪念博物馆。该馆有两处 1 英亩大的水池，水

方蓁对纽约现代美术馆展出的罗森伯雕塑作品非常心仪（2017 年）

池上方是全美最大的人工瀑布。这些都象征双子星摩天大楼旧址的足印与“911”那天全美的损失与伤痛。

在“911”国家纪念博物馆，观者可以体会到建筑工人为兴建工程呕心沥血的付出，他们的工作成果是在向在“911”那天罹难的人致敬，两者交相辉映。

我不是在美国出生的，但是我在美国的时间超过大半生。与大多数的美国人一样，我记得 2001 年 9 月 11 日那天自己在哪里——我在哥伦比亚市的汉普顿旅馆为比赛做准备。早晨我在旅馆用餐区吃早饭时看见几个人围着电视，好奇之下，我也上前去看看到底发生了什么事，竟然这样吸引大家的注意力。在电视机旁站定后，我看见一架飞机朝双塔当中的第二栋摩天楼飞去。

在“911”国家纪念博物馆里，我聆听联合航空 93 号航班上的乘客在他们生命最后一刻打电话给他们挚爱的亲人、友人的录音，参观者在离去时眼眶都含着泪水。

这次参观不仅让我想到在当天丧生的无辜生命，也让我忆起历史上其他因为意识形态不同而引发的类似恐怖时刻。我们应当记取世上的这些邪恶的事件，以时时警醒，不重蹈历史覆辙。

那天晚上我的情绪从起先的不断沉吟忧伤，进而转为士气振奋。

方蓁在纽约曼哈顿哈德逊城市广场观赏外观像松果的地标建筑（2017 年）

我看的第一场百老汇音乐剧是《我爱红娘》，后来还看了《汉密尔顿》《日落大道》《战妆》，以及源自小说《战争与和平》的《娜塔莎、皮埃尔和 1812 的大彗星》。

贝蒂在《我爱红娘》中扮演女主角朵莉，她的演出令我感动。我一直都很欣赏她，在念大学时就看她的电影。贝蒂今年七十一岁了，但是在舞台上根本看不出她的年龄，太不可思议了。

方蓁随团前往纽约百老汇观剧（2017 年）

这个年纪还能在百老汇演出，且乐此不疲，显然是对自己的事业充满热情。她在表演中如鱼得水、游刃有余，角色发挥得毫不费力、浑然天成。

后来我又去看了七十岁的克洛斯在《日落大道》中饰演女主角戴斯蒙德。我一向认为她是不凡的女演员，但是在看到她演这个角色之前，我并不知道她的歌喉也是一流的。《日落大道》

方蓁在纽约百老汇观剧有不少心得（2017 年）

的作曲人是为《歌剧魅影》和《猫》写曲的安德鲁，克洛斯的歌声将戴斯蒙德的曲子诠释得非常出色，两者相得益彰。

观赏到贝蒂与克洛斯如此精彩的演出，我感触很深，因为我今年也达古稀之年，有时我不知我的射击生涯还能持续多久。

从她们身上我得到启示。我没有理由对自己的年龄耿耿于怀，或是认为年龄一到，就该强迫自己停下自己的最爱，即使内心还没准备好。老化，是人生过程中自然的一环，谁都躲不掉，但是我们可以努力让自己的内心保持年轻，继续追寻我们所热爱的，这就是一条可行之路。

在贝蒂与克洛斯演出的两部剧之间，我看的是《汉密尔顿》。以音乐剧呈现汉密尔顿生平故事的这部剧，名气响遍全国，我已风闻多年，听到的尽是佳评。

女儿顾麟向我解说了剧的内容和汉密尔顿的生平。当我听见这部剧是以饶舌音乐呈现时，我开始有点担心，因为我不听饶舌音乐，我也怕自己看不懂故事情节。

方蓁与朋友坐在纽约市区观光巴士上层进行游览（2017 年）

结果我发现自己的担心是多余的，因为对于了解剧情我完全没问题，反而觉得伴随故事发展的音乐与舞蹈非常有趣。

演出人员的专注让我敬佩，他们完全融入剧情当中，彻底地投入他们所饰演的角色，观众可以感觉到他们散发的力量。这样淋漓尽致的演出，实在是感觉“此剧（曲）只应天上有，人间哪得几回见（闻）”。

演出结束后，从演出人员出来谢幕时的表现可以看出，他们已经离开剧中人，回到他们原来的自己。但是在剧中，他们就是自己所饰演的人，真人与剧中人合为一体。

我在大学里主修的是艺术，所有形式的艺术我都喜爱，无论是百老汇的剧还是罗森伯的展览。后者的艺术展出在时间上横跨六十年，呈现出技巧、媒材和手法的演进。

我十分庆幸我在紧凑的行程中抓住了机会。回到家时，跟我一起满载而归的是许多回忆及重新苏醒的灵感。

2017 年 7 月

绝不接受人生“就这么回事”

我喜欢接近活力四射的人、事、物，也因此，我非常喜欢去纽约。时代广场明亮的灯光，那里的喧哗、人潮与五颜六色，无一不叫我喜爱。

比安奇杯一结束，我就参加了一个以观剧为主题的纽约旅行团，今年我是第二度前来。是的，一连两个夏天我都没缺席。我一向喜欢百老汇的表演，这次我一共看了五场。

《冰雪奇缘》是其中高潮之一。在观赏这部剧之前，我看过它的电影版，因此对剧情不陌生。但是看到它的舞台呈现，还是完全不同的体验，特效、灯光和舞台设计在在令人耳目一新，感觉真是只应天上有。舞台设计者的才华流露无遗，完全是最上乘的艺术创作表现，颇有可能是我在百老汇看过的最佳舞台剧。

但令我最感慨万千的是《乐团到访》。我感触良深，部分是因为女主角蒂娜。

方蓁前往纽约百老汇观剧（2018 年）

剧中，埃及警察组成的一个乐团到以色列表演。他们原本应该到一个叫佩塔哈提克瓦的小镇，但阴错阳差，巴士把他们载到了一个偏僻沙漠小镇贝特哈提克瓦。

小镇的居民蒂娜美丽迷人、慷慨大方，在镇上经营一家咖啡店。对于迷途的乐团，她既是地主又是导游。在乐队停留小镇的那个夜晚，她跟乐团指挥图菲戈一见如故。

图菲戈是个古板的人，观众从剧情发展中得知他的爱妻、爱子都已不在人世。但是在一顿晚餐中，图菲戈与蒂娜竟相逢恨晚。图菲戈的角色随着剧情而变化，因为蒂娜的缘故，他变得愿意吐露心声。

饰演蒂娜一角的是卡特莉娜，因为蒂娜一角，她荣获 2018 年托尼奖音乐剧类最佳女主角。她对蒂娜的诠释令人着迷不已，我非常认同她所饰演的角色。

对自己该有什么样的人生，蒂娜有梦想，也有愿景。但婚姻以离婚收场让她一直背负创伤，她感觉自己人生的现实情况与希望不符。

她后来所唱“人生就是这么回事”，显然是其早先的吟咏“欢迎来到不毛之地”的回声。蒂娜对自己屈就在贝特哈提克瓦当个小咖啡馆的店东，并不满意。

她针对乐团本来的目的地唱道：“佩塔哈提克瓦，这样的城市，人见人爱，多少乐趣，多少艺术，多少文化！佩塔哈提克瓦，P 字开头的城市。你所在之地不是佩塔哈提克瓦，这样的城市无人听过，没有乐趣，没有艺术，没有文化！这里是贝特哈提克瓦，B 字开头！”

“就像这些悲惨的无趣、无色、无聊的字眼里都有这个字母元素！”

剧中人不乏类似蒂娜者，渴望在自己的人生中拥有不一样的人、事、物。在贝特哈提克瓦停留一晚后，图菲戈带着他的乐团上了巴士，继续前往本来的目的地，蒂娜则留在她居住的小镇。

观毕，我心中思忖着蒂娜的结局。图菲戈让她燃起一丝希望的火花，我衷心希望她不要让这火花熄灭。我盼望她能够追逐自己人生的梦想，而不是甘于现状。

她容颜未老，天资聪颖，有才华，无须接受那种令她寡欢的命运，她仍然有充分的时光去尝试新的机会。

《乐团到访》提醒我，有时人生并非照我们所计划的那样，不如意事十常八九。但我们不必接受“宿命”，面对挑战，应当竭力克服，追逐能带给我们快乐的梦想。

我们若不满意人生“就这么回事”，就断断不能接受人生“就这么回事”的人生观。

我喜欢在纽约看表演的一个原因是，舞台上人人都在尽展才艺。从演员到导演、设计和舞台工作人员，个个都在才艺巅峰。若非领域中的佼佼者，是没有办法在纽约的戏剧表演环境中生存的。

我爱看一流的表演，一流的演出最能激励人心。它让我获得力量，愿意在人生中铆足全力、竭诚悉心地付出，无论做的是什么。

往来相识之人皆为有才、好学之士，人人皆应如此励志。要做到这一点，你不需要到纽约去。榜样在世界各个角落、各行各业、各个阶层之中都找得到。

见贤思齐，接近才智俱佳的乐观之士，会激发我们向上的心志。

我写此文并不是鼓吹大家都搬到纽约去，而是希望大家对自己心之所欲、心头之梦——不管它们是什么，保持一贯真诚，直到达成方休。

人通往快乐之路，各有不同。

也许你的梦会引领你到农村做个快乐的农夫，或者快乐的定义对你来说是做个舐犊情深的慈母，或者你打算在大城市扬名立万。

无论抱持的是哪一种梦，千万不要在梦未圆之前就停下脚步，想要追求更美好的人生，想要更接近快乐和满足一步，永远不嫌晚。

蒂娜吟唱的最后一首曲子是《与众不同》。

我真诚地希望她找到所向往的“与众不同”的人、事、物，在找到之前绝不停下追求的步伐。

2018 年 8 月

抓住寻奇机会

机会可能随时出现，来临时，我们未必感觉已经有所准备，而等我们感觉准备好时，机会可能已擦肩而过。

有鉴于此，无论自己感觉准备好与否，见到机会就应该抓住，因为一旦错过，可能就永远失之交臂，机会可能永远不会再来临。

我对机会的看法，可以说明我为何去年秋天有印度之行。我从 10 月下旬开始为期三周的旅行。以前我没怎么想过要去印度，但有一天，有个朋友问我有无与外子家一同往印度的兴趣，我立刻就对这个想法热衷起来。

再过两年我就七十岁了，我要趁自己还能走动时前往这样的地方旅游。家一虽没兴趣，却不反对我去，只要我不强迫他陪我，有朋友同行就好。因此我与一对年轻的夫妇结伴成行。我们参加了一个品质、信誉良好的旅游团，到印度去看泰姬陵和其他的名胜风光。

印度拥有许多诸如泰姬陵这样的美丽建筑，我们也计划在一国家公园内健行，参加普斯赫卡尔盛会，好了解骆驼等是如何进行拍卖的、谁的山羊胡须最长，以及新娘竞赛等各式各样古怪的竞赛。

这趟旅行让我有机会去体验另一个国家的艺术、文化与历史，而我的经验是：从这类旅行中，我都不会空手而返。

方蓁参观意大利锡耶纳教堂（2010年）

2011年，顾麟陪我随同斯坦福大学一个旅游团前往意大利。我们曾到罗马、托斯卡尼、佛罗伦萨等地，也曾观赏在锡耶纳广场举行的赛马节。赛马前一小时有一场以文艺复兴华丽服装为主题的盛大游行，而我们所坐的位子极好，游行行列就从我们面前经过。那天大约有三万五千人聚集在锡耶纳市中心与邻近一带，热闹无比，情形有些像纽约时代广场倒计时迎新年的盛况。

旅行中，我们一行也曾有过特殊礼遇。在梵蒂冈，许多博物馆在闭馆后只对我们开放，让我们可以悠闲、不受人潮干扰地观赏绘画、雕刻与织锦艺术品。

我们曾静坐在西斯廷教堂内，默默观赏米开朗琪罗的湿壁画杰作《最后审判》，意大利政治学学者达理孟泰曾为我们辟室演说，讲解意大利历史与政治。

我们一家人个个都热爱高山俯冲滑雪，曾在加拿大、法国和瑞士试过身手，在美国更是有无数次滑雪体验。我们也曾到新加坡、泰国、日本、中国旅行。

我在旧金山州立大学主修的是艺术，一直以来，我对艺术的热爱始终未减。部分是因为这个原因，我感觉泰国尤其饶富趣味。到达泰国的那一刻我便爱上了这个国家：长河两岸芭蕉冉冉，河畔屋舍生锈的屋顶与深浅有致的河水色泽交相辉映。那里的风土人情别致，人民说话缓声细语、和蔼有礼。

最近我也对历史更有兴趣。年纪渐长后，看人生也开始有了深度。面对不同的人、事、物，会深思里头的深意何在、它要传达何种真谛、缘起为何等。在现实基本表象之外，可以看得更深更远。

我希望印度之旅不是我游历的终点站。我还想去墨西哥欣赏玛雅文化，或是前往南美看看印加人早年住过的地方。从上高中接触过这些历史之后，中南美洲部落就印刻在我的脑海里，我极有兴趣多知道他们如何生活。对埃及历史我也有兴趣，但是至今还未去过埃及。对中国历史，我的兴趣也从未像现在这样浓厚过。

当然我曾去过意大利、德国、新西兰与澳大利亚参加射击比赛，但是为比赛去与为旅游出门重点不同，也是完全不同的体验。即使如此，前往印度前，我还是用准备射击比赛的态度来准备旅行。

我做了万全的准备以备不时之需。动身前我尽量把身体锻炼好，就好像我去印度是去比赛一样。我让体重增加了一点，行前不断地做运动、练身体。该打的预防针我都打了，随身带着抗生素、基本药品，连衣物都用驱蚊液处理过。我也带了很多能量补充棒、烧水壶和一个防空气污染的口罩。

前往比赛地时携带四季衣物是我的习惯。我带的衣物可以让我应付各种气候状况，甚至备有靴子因应雨天或寒雪天气。

旅行中，射击并未被我抛到九霄云外，这跟从前有点不同。以前，对射击我没有需要将它视觉化的问题，但这次我要出国三周，三周中我都没有机会练习，旅行中我必须在脑海中视觉化我的射击技巧。

然而最重要的是，我对这次旅行有很多的期待，因为它让我有机会扩大我的知识领域，增加我对异国的欣赏。

前往印度给了我一个大好的机会，而我非常高兴自己没有让机会从手中溜掉。

2015 年 1 月

享尽旅游感官之乐

方蓁参观印度泰姬陵（2014年）

圣诞节假期我前往费城，在那里发现了一家卖印度面饼的餐厅。我去年秋天前往印度旅行三周，爱上了印度的烤薄饼。结果留在费城的那几天，我去那家印度餐厅吃了好几次面饼。

它让我想起印度令我最喜欢的地方——感官的甜蜜轰炸。

我深爱印度的色彩，以及我在那里时感受到的氛围。我欣赏印度的景象、声音，当然还有若干食物的味道。

以普斯赫卡尔市集盛会为例，很少活动能像它一样冲击我的感官。

普斯赫卡尔位于新德里西南250英里，是一座安静的小城市，但是每年在市集盛会的这一个礼拜里，它仿佛活了过来，变得喧哗热闹。

我参观市集盛会时，万头攒动，

方蓁参观印度一处古老神庙（2014 年）

人们到这里来买卖骆驼、牛和赛马。摊贩云集成市，年轻人骑着摩托车在街道上穿梭。满街都是电动三轮车，这种三轮车通常可以载三名乘客，但有时它加上两个座位，可以载上五人。

我漫步街头，观察来来往往的人，感受到其中的生命力。

市集盛会里里外外的交通非常拥塞，但我却感到兴奋。我喜欢街道上的各色声音与形形色色的人。我在人海中前行时，不时要把目光投向我们同团当中个头最高的团员，免得自己掉队了。

我看待任何事物都从艺术家的眼光来看，而印度五彩缤纷的色彩的确为双眼提供了美丽的飨宴。无论是恒河瓦拉纳西市的日出，还是日常便可看到的印度女性所穿的纱丽——天蓝色、红色、艳黄色，其间经常有金线交织。

当然没有一件事物比 1600 年前后在北印度亚穆纳河畔所建的泰姬陵更让我惊艳了。

泰姬陵是印度莫卧儿帝国皇帝沙·贾汉为其妃蒙泰姬建造的墓，花了二十多年的时间，不知多少钱，才告落成。但是每一分钱都花得值得，它的美丽可供世代瞻仰。

我没有想到它会那样令我震撼。它有 240 英尺之高，巍峨矗立，体积庞然，超出我的预期。它是如此美丽，竟能在几世纪之前兴工完成，真令我肃然起敬。

参观泰姬陵与在恒河边停留，可能是印度之旅的必备内容。

我也在印度生活的平静的一面经历了新鲜滋味。

瓦拉纳西是位于印度东北的一个圣地，是全球最古老的城市之一。印度人相信，在此死亡迎来解脱，不再入轮回。祭司群早晚举行仪式，游览车蜂拥进入城内。在瓦拉纳西乃至全印度，庙宇处处可见。庙宇旁，商店、摊贩林立，贩卖祭祀用品，如香、花束与食物等。

在瓦拉纳西众多有意义的历史文化镜头中，最令我难忘的就是搭乘人力车。

瓦拉纳西街道中有墙分隔，区隔双向来往的车辆，但是街道上没有分隔线，也没有交通信号灯。两线道可能变成两线半甚或三线道，车辆争驶其上。

市内到处是圆环。圆环美国也有，但是在印度坐在人力车上行经圆环，看到的是乱中有序的状态。

我坐在人力车上时，很多车辆同时向圆环行进，什么车、哪一线可以前行、何者要礼让，完全没有规则，多半要看人力车夫有多拼。通过圆环的人脸上毫无惧色，而交通也不会停顿打结，人人最后都到得了目的地。

在印度目睹动物与人互动的场景，也让我终身难忘。高速公路上，牛横行不是怪事，看见牛安卧在大马路上也属司空见惯。在印度，人们告诉我苍蝇不上牛身。

方蓁在印度乘坐人力车（2014 年）

印度圣牛（2014 年）

方蓁和朋友在印度乘坐大象（2017 年）

我甚至看见牛大剌剌地站在店铺里，店主人处变不惊。在印度，牛被视为最神圣的动物。

我考虑去印度之初，有些亲朋好友告诉我印度是味道刺鼻、处处受到污染的国家。我心生畏惧，一直到我看了《美味不设限》，一部讲述一名住在法国的印度厨师奋斗的电影之后，我才转疑为安，对印度之行抱着兴奋的心情。

没错，我也好几次对自己带了口罩去，挡住了灰尘而感到高兴，但总的来说，感官被轰炸的体验带给我极大的快感。

如今我对欣赏泰姬陵之美、坐人力车的刺激更有感觉，而印度薄饼的美味也让我更知道其中的奥妙。

2015 年 3 月

户外活动心心相连

此行，我看着我的孙女从一个小婴儿长成一个牙牙学语的娃娃；我尝到精致的下午茶；而最重要的是，我与家人共享充满特殊体验的高品质时光，包括在莫愁湾的水滨露营。

今年夏天我们夫妻带着我们的三个孩子、他们的另一半和

方蓁全家在加拿大莫愁湾露营度假（2018年）

家一在加拿大莫愁湾钓到一条大鱼（2017年）

五个孙辈一起前往英属哥伦比亚努特卡湾的莫愁湾度假区。

莫愁湾是出名的鲑鱼海钓胜地，外子家一对它十分着迷。但是说这次旅行是一趟钓鱼之旅，涵盖意义并不完全。这是一次让我们十二人更加紧密心心相连的机会，户外活动是把我们结合到一起的一种方式。

这是我生平第一次到莫愁湾。过去因为忙于射击事业，无缘到此。家一来过几次了，我的大女儿顾麟也来过。

家一以前告诉过我莫愁湾的故事，也给我看过照片。钓鱼，我兴趣不大，但是那些照片叫我对那个地方好奇不已，因为我看得出来家一在莫愁湾乐不可支。我心想：如有机会，我也会去。

今年我从比安奇杯退休。我对我的射击事业没有一丝后悔，它给了我力量，让我有向前的动力，它治愈了我。

但就像任何高水平运动员都知晓的，运动事业伴随着牺牲，其中之一是失去与家人相处的时间。如今能与家人多聚在一起共度时光，是我退休之后才能享受的额外好处之一。

我们从加州飞到温哥华，从那里租车上路。车开到察瓦森渡轮码头，然后上渡轮，前往温哥华岛。次日我们在岛上位于维多利亚市的费尔蒙王后酒店享用下午茶。这里的下午茶历史悠久，自 1908 年至今久盛不衰，每天都推出。

顾麟希望大家齐聚一堂享用下午茶，一同欢度她的四十六岁生日。在这个场合，大家都郑重其事：女士们穿着高跟鞋，脸上化了妆，个个盛装赴会。有时装扮一下叫人神清气爽，体验也更难忘。

方蓁外孙女米娅在加拿大莫愁湾展示收获（2018 年）

下午茶套餐有三明治、茶和甜点，茶具都是英瓷，瓷质茶壶放置在蜡烛保温座上，茶水浓淡由人。几种不同的茶，我们一共喝了十泡。

下午茶的精致高雅，让人感觉自己仿如贵族。

当然，这并不表示整个行程是一路自视高人一等。

在温哥华岛上，我们在其第二大城市纳奈莫露营过夜。这让我忆起以往。家一和我一直都喜欢露营，孩子们还小时我们便常常带他们出去露营。

这趟旅程不仅让我们有机会重温与今已长大成人的三个孩子的露营旧事，连孙辈们都一起“共襄盛举”。两个女儿做巧达海鲜汤，我们在海滩散步，徜徉在一片祥和的天地里。

到达目的地莫愁湾之前，我们还在温哥华岛坎贝尔河驻足。我们在那附近的一家寿司餐厅用餐，吃到了最美味的鲜虾炸的食物。造访坎贝尔让我又一次走进记忆中的巷弄里。家一和我曾带着孩子到那里钓野生红鲑，那时我们是一路开车一路露营，行过俄勒冈州、华盛顿州，来到加拿大。

离开温哥华岛后，我们继续前往目的地莫愁湾。照片上的莫愁湾景色无敌，但却仍差实景几分，那地方简直就是天上人间。

我在很多地方露过营，也在很多水滨度假胜地住过，但我从不曾见过如此美丽的景色，而且它的天然之美还结合了度假胜地的现代化设施。

度假中心的圆顶帐篷沿着海岸搭立。因为小女儿顾麒希望体会更亲近户外的体验，所以我们在露天平台上搭了一个帐篷，晚上就在帐篷里过夜。

美中不足的是鱼儿不愿上钩，大伙儿总共才收获一条鲑鱼。

顾麒走到海水里去碰运气，钓到一条鲉鱼和长舌齿单线鱼（龙趸）。

外孙女们在海湾里游泳戏水，她们成了海豹好奇的对象。

在蒙古包般的圆顶帐篷里，我们一大家子十二人围挤在餐桌四周，用餐时大家总是兴致高昂。这也是热闹无比的精彩时段。儿子顾龙与女儿顾麟、顾麒都比我长于烹饪，因此三餐由他们轮流展现身手。我的工作是准备水果。可能与我主修艺术的背景有关，我喜欢挑选水果，把水果切成有趣而美丽的形状，摆成秀色可餐的样子。

外孙女们常常会说："我今天要吃婆婆的水果。"

我的孙女安德琳娜只有一岁半大，基本上是靠水果过日子。在这次旅程中，她就在我眼前不断地长大、长高，也开始学说话，想要表达她的意思。

她离开旧金山时是婴儿，回来后却已是个儿童。目睹她一瞑大一寸，非常珍贵甜蜜。

虽然旅行中我们不断地在动，但是一路上心情轻松自在。没有人匆匆忙忙赶时间，没有最后期限。在我常年安排射击旅行、必须处处注意细节的生涯之后，我非常喜欢这样闲适的旅行步调。

现在我们已经在讨论下一趟旅行的可能性了，计划明年夏天原班人马全家十二人一起前往希腊。

这次莫愁湾旅行，整个行程中我未曾亲手拿起鱼线抛入水中，但是这仍是一次户外之旅。与心爱的家人一起体验大自然之美，这样的机会使一家人更加紧密地心心相连，这便是户外活动的力量。

2018 年 9 月

开阔视野机不可失

求学时期需要写读书心得报告，都是《克里夫批注》救了我。还记得我们必须针对莎士比亚戏剧写一两篇报告，我不记得曾为写报告而研读剧本，仍是靠《克里夫批注》来解围。

因此，今年夏天百老汇赏剧之旅我加选《李尔王》时，心中有点忐忑。《李尔王》是行程中的自由选项，我多付了钱，将它加入我的行程中。

虽然我不确定这部剧会不会吸引我，甚至也不知我听得懂听不懂剧中的台词，能不能了解剧情，但是我想挑战自己。艺术与戏剧之美，一部分就在于它们会让你接触新视角与新观点。

观剧前我在皮包里装了一包水果糖，心想如果困了，吃颗糖可以打消睡意。然而，糖果固然可以提神，但我聚精会神依靠的并不是它，让我全神贯注的是杰克逊。

这位八十三岁的英国女演员饰演剧中主角李尔王，她的表演让我目不暇接。

杰克逊对角色的诠释，展现了一个人对开启他人心怀、影响他人世界观有着多么大的力量。我看完剧后爱上了这部剧，完全是因为她的缘故。未来我愿意多读一些莎翁的剧作，莎剧是我学习与丰富人生的机会。我愿意自我挑战看这部剧，心中的欢喜不可言喻。

《李尔王》的故事主轴是：年迈的英国国王打算把王国分给他的三个女儿。老大和老二虚与委蛇，虚假地争相表示她们爱父亲、孝顺父亲；小女儿给父亲的爱真真实实，但不刻意曲意奉承。国王一怒之下把原来应该给小女儿的那一份给了她两个姐姐。终场前，国王与小女儿尽释前嫌，重修旧好，但不久两人的命运也以悲剧收场。

我展开旅行前对剧本一无所知。后来我认识团里另外一位女士，有天晚上我们一起用餐，她对我讲述了故事的大概，因此我知道舞台上可能会呈现什么。我喜欢看剧，但我自知不是戏剧专家。我知道自己想吸收新知，虽然与我同团的行家相比，我有如白纸一张，但我没有让这一点妨碍我。

观赏《李尔王》那一天，我先睡了个午觉，我不希望自己在演出过程中打瞌睡。有人提醒我《李尔王》中的古英文对话可能难懂，因此我得养足精神，才能头脑清醒地看剧。

第一幕，台词有点难懂，我看得有点吃力，但中场休息后，我就习惯了它的语言，也跟得上剧情。杰克逊一举手一投足，每一念白都折服了我。她的表现没有一丝冷场，没有一丝破绽，整个人看起来比实际年龄年轻三十岁。在舞台上，她活力四射，精湛的演技、敬业的态度贯穿整出戏，这也大大地启发了我。看得出来她是怎样为了这出剧把她整个人都融入角色之中，从幕起到幕落与谢幕，她都抓住了全场的注意力。

杰出的演员会激发情感，他们让你感受到他们的感受。这就是了不起的表演。杰克逊做到了，我对她的感受也心有戚戚焉。

我离去时，心里想：我喜欢《李尔王》。加入这个团时，我没有这样的预期，因为我既不知台词，也不熟悉故事情节、古英文，更不是资深的莎士比亚粉丝。

我离开剧院时，心中舒畅无比，有点像我尽了全力比赛且表现可圈可点过后的感觉。

这趟百老汇之旅我也看了其他的剧，最深得我心的是《冥界》，它的音乐真是天上妙音，舞台设计也是精彩绝伦。我也喜欢《摆渡人》，它那叫人情绪激动的结尾，我看了全身不禁起了鸡皮疙瘩。另外我还看了《泰特斯·安特洛尼克斯续集》《窈窕淑男》《梅冈城故事》《毕业舞会》。

但是《李尔王》是我看过的最值回票价的一出戏。值回票价，部分在于我挑战自己，结果大有所获。学习有时要吃苦，可能叫人不自在。但是我近来一直设法让自己走出舒适区，告诉自己视状况量力而为、尽力而为就是。我在射击生涯中奉行的就是这个。

百老汇之旅末了，我们团讨论观赏过的剧目。通常情况下，要我在大庭广众之下举手发言，我是视为畏途的，而我们这一团大约有五十人，大多数又是饱学之士，对戏剧所知比我广。但这一次我决定要分享我的经验，告诉团友《李尔王》带给我的冲击，我不讳言担心自己可能睡着，特别塞了一包糖果在皮包里，而剧终时我却爱上了它。

一个小组讨论主持人说她会写一张短笺给杰克逊，告诉她我被她的表演征服了，而且因为她的表演，我对观赏莎翁其他的戏剧不会再裹足不前。

最近我在想：若真有机会看到杰克逊，我会说些什么。只要想到这里，我就会情不自禁热泪盈眶——不是因为伤感，而是因为想到能够亲炙一位改变我视野、丰富我观点的人，是多么难得的机会。

我观赏《李尔王》的体验提醒了我两件事：第一，有机会开阔自己的视野，经历日光下的新鲜事，就要把握，你不知道下次机会何时到来；第二，如果你处于有影响力的地位，机会切勿虚掷，你不知道是谁在观察你，你又是如何正面影响了他们。

2019 年 8 月

寻奇探险常在我心

跟家一在一起的生活像是冒险，精彩刺激，让我感觉我过的人生好像是把两三个人生压缩成一个。

在五十年的婚姻生活中没有一刻是沉闷无聊的。我们建立起一个家，开展了我们的事业。我们参加各式各样的运动和活动——露营、俯冲滑雪、骑马、驾驭风帆、滑水，再加上我的射击和家一的飞行。

以前我从不认为自己是勇于冒险尝新的人，可能是与家一在一起后把我潜在的探险灵魂诱发出来了。

最近一次外出寻奇是冬天里全家十二人一起到拉斯维加斯。对我来说，尝新高潮是在米高梅大酒店玩《僵尸启示录》真人实境电子游戏。整个行程中我尝试了三次。

三十分钟的团体游戏里，置身于一个两千平方米的场地中，使用塑料枪支在虚拟现实中努力保护自己不受僵尸的攻击。

我是身经百战的行动手枪运动比赛选手，在比安奇杯有二十一年的参赛经验。因此大家总认为这种游戏对我来说是雕虫小技，不成问题。与假僵尸搏斗跟从二十五码以外射击翻板标靶相比，是小巫见大巫，对吧？错了！

我发现我现实的手枪射击技巧并不能马上转到游戏里，在虚拟实景的视频游戏中派上用场。

第一次玩，家人中有八人报名参加。八人当中大概只有家一和我从来没有玩过电玩。我们其实也从来没看过僵尸游戏，对要玩什么、怎么玩，我们一点概念都没有。

我如临大敌，小心翼翼地进入场地。不知为何，虽然我在游戏场地拿的不是霰弹枪，但我摆出的姿势却好像我是在使用霰弹枪——我最近在练霰弹枪。

我不知要往哪里挪步，我只知道要击杀僵尸，不要让僵尸在我身上得逞。

方蓁与家一在拉斯维加斯一起玩虚拟现实电竞游戏（2019年）

电竞游戏中，我十五岁的外孙女说："婆婆，我掩护你。"当时我并不知道这个提议有多宝贵，一直到游戏结束后我才知道自己只死过一次。若非外孙女在保护我，我不知死在僵尸手里多少次了。

这种团队游戏不是我在比安奇杯比赛时所熟悉的方式，后者是个人竞赛。

我也不知道自己对场上比赛的家人有多少帮助。有那么一刻我曾紧张地大叫："打头！打头！"我知道打中头就能解决掉大僵尸，但我不知自己的惊声尖叫有没有用处。

事后裁判说我们这一队赢了。家一和我浑身大汗，好像刚刚冲完澡。我认为汗不是因为游戏而流，而是紧张导致的。

游戏太刺激太好玩了，我们决定次日再报名参加第二轮。我们还是八人参加。

这一次我有备而来，就像我参加正式的职业赛，我准时用餐，伸展手脚暖身。但是一旦目标进入我的武器射击范围内，我就开始全身颤抖。我并不感到紧张，可是肾上腺素分泌加快，我感觉身子站不稳。这种体验真是生平头一遭。

还好这不是比赛，因为我看起来惨不忍睹。我几乎无法应付。

更糟的是，这一次我没有外孙女的掩护。我虽得到高分，却死了九次。第一次我成绩排名第二，这次我敬陪末座。

我们拉斯维加斯之旅的最后一天，我想再体验一次电竞。这时家人大部分都已离去，但是家一、我和儿子顾龙留到最后。儿子是电子科技方面的高手，他指点我玩这种电玩的心得和窍门。

有他在场上保护我，我的分数进步了。

我们离开拉斯维加斯后，我一直在回味这项电竞，我想回去提升自己的表现。这就是我的脾性。我不是在运动员家庭中长大，十七岁认识家一时我连仰卧起坐都办不到。长期以来我一直都觉得自己的身体里面没有运动细胞。

但我有的是毅力，我也用我这项特质学会了俯冲滑雪、驾驭风帆等具有挑战性的运动。我的毅力和求好心切，推动、贯穿了我的射击事业。

我喜欢崎岖的道路，若是一步就可登天，我会失去兴趣。一件事若是困难，需要努力，它会占据我的心思，叫我全力以赴，力求进步。这太适合一个目标导向的人了。

我对霰弹枪射击也是如此。自比安奇杯退休后，我就在学习如何使用霰弹枪。我在行动手枪射击事业上闯出一片天地，但并不是马上就能擅长霰弹枪射击。要用霰弹枪射中土靶，跟在比安奇杯比赛竞技，两者截然不同，但我知道若是勤于练习、努力不懈，我也可以变得枪法过人。

我的婚姻生活中，所有的运动都是跟家一一起学的，之所以如此，是因为我一心以为夫唱妇随是天经地义的，我的家教告诉我要学会做贤妻。结果呢，不管我尝试的是什么新运动项目，家一总是非常有耐心地教。

后来我决心致力于射击时，这样的态度和经历帮助了我。跟家一一起学习这些运动让我打下能够成为射击选手的基础。

从我认识他那天起，家一就是一个趣味横溢的人，这一点他始终未改。他是第一个约会时买汉堡给我吃的人——由这一点不难想见我们在一起多久了。他精力充沛，我跟着他跑，结果跑出一个完满而忙碌但绝非无趣的人生。

如今我们都已七十开外，却仍能在虚拟现实中忘情地与僵尸厮杀。我也希望未来还有很多年，让我们尝试更多的寻奇冒险。

2020 年 2 月

跋

我总是受个人运动吸引而走向个人运动。在我的射击生涯中，我独自在靶场中磨炼技巧不知多少寒暑。然而，我的射击生涯中几次走向高峰，并非全凭单打独斗，自己获得了多少帮助，我始终了然于心。

如果我的射击生涯中没有这些援手，这本书也不可能成形。

我必须感激我在狄安萨社区大学的射击课程讲师吉姆，我的射击基础技术是他传授的。

进入射击运动时我深知自己需要启蒙老师，欧阳不仅是我的恩师，也是知我的伯乐，我永远感激。

在我的比安奇杯竞技历程中，福勒容许我使用其家族靶场进行练习，我铭感于心。我也感激永田，我在福勒靶场练靶时，他指导我进入比安奇杯。他们两位我都视为好友。

我对《女性户外活动新闻》发行人芭芭拉也心存感恩。书中许多文章最初都在上面刊出。芭芭拉为我提供了一个写作平台，她很支持我的创作，在推广上也不遗余力。

最后，要感谢外子家一对我拓展射击事业与写作无怨无悔的支持，他是我的灵魂伴侣和知音。有家一在身旁，人生的挑战便不是难事。人生最佳时刻有家一与我一同分享，滋味更甜。